나를 위한
작은 구원

아버지 없이 자란 한 사람의 내면 일기

나를 위한

고아롬
에세이

작은 구원

ㅊㄴㅁ

차례

그 애비 없는
후레자식이 접니다

나는 애비 없이 자랐다. 아버지에 대한 기억은 단 하나, 그마
저도 오래돼서 탁해진 기억. 까슬해서 내 피부를 벌겋게 만든
턱수염, 품속에서 새어 나오던 소주 냄새, 미로처럼 복잡하게
얽혀 있던 반곱슬머리… 나는 내가 태어난 원인 중 하나를 고
작 이 정도 기억한다. 내 인생에서 아버지가 등장한 순간은 이
것 하나뿐이지만, 아버지는 부재함으로써 내 인생에 누구보다
큰 영향을 끼쳤다. 태어나자마자 버려졌다는 생각, 그 두려움,
태어나지 말았어야 한다는 후회… 이런 쓸모없는 생각이 내
머릿속에 들끓었기 때문에 나는 언제고 얼굴 없는 아버지를
기억했고, 뜯어 먹고, 잘근잘근 씹어댔다. 내 삶에 아버지가 묻
어나니 아버지를 말하고, 아버지를 주제로 글을 쓰는 것은 내

게 너무나도 자연스러운 일이었다. 아버지가 내게 준 상처를 해결하지 않고서는 생각이 들끓는 머리를 멈추게 할 수 없기 때문이다.

표준국어대사전에서 '후레자식'은 "배운 데 없이 제풀로 막되게 자라 교양이나 버릇이 없는 사람을 낮잡아 이르는 말"이다. 한 단어의 뜻만 보는 것인데도 가슴이 찌릿하면서 온갖 기억이 쏟아진다. 나는 애비 없이 자랐다는 낙인이 찍혀 또래와 똑같이 행동하더라도 저놈이 "제멋대로 자라서 버릇이 없다"라는 말을 들었다. 중학생 때 친구와 싸워서 교무실에 불려간 적이 있었다. 그때 선생님은 "저놈이 맞아야 정신 차리는데 아버지가 없으니 때릴 사람이 없어서 문제"라고 말했다. 한번은 내가 한부모 가정인지 모르는 친구가 술자리에서 부모 없이 자란 애들이 권위에 대한 이해도 부족하고, 어딘가 뒤틀려 있어서 무서운 놈들이라고, 그놈들을 괜히 '결손 가정'이라 부르겠냐고 말하기도 했다. 나는 고개를 들어 그 친구를 한참 바라만 보았다. 아무 말도 하지 않았다. 사실은 정말 그 말이 맞는 것 같아서 아무 말도 할 수 없었다.

내 삶은 어찌 된 일인지 잘못한 것도 없는데 변명을 입에 달고 살아야 했다. 가족에겐 내가 아버지를 닮지 않았다는 사실을 입증해야 했다. 특히 아버지가 잘했던 일, 예를 들어 글쓰기나 그림 같은 것들을 내가 잘하는 모습을 보면 엄마는 걱정스러운 얼굴로 내게 말했다. "너도 그 답도 없는 인간과 똑같은 인생을 살래?"

나는 그렇게 살지 않을 것이라고 다짐해야 했다. 친구들 사이에선 조금 나았지만 결국 친구들에게도 내가 어딘가 뒤틀리지 않은 정상적인 사람이란 걸 증명해야 했다. 애인에게도 마찬가지였다. 바람나서 가정을 버리고 떠난 남자의 아들은 제 아버지와 얼마나 다를까? 나는 이 질문에 답해야 했다. 흔히 자식은 부모의 거울이라 하지 않나. 나의 애인은 내가 아버지와 똑같이 행동할까 봐 불안해했다. 그리고 그건 나 역시 마찬가지였다. 알코올중독자 아버지를 증오했던 자식이 알코올중독자가 되고, 폭력적인 부모를 경멸했던 자식이 폭력적인 부모가 된다는 말을 들을 때마다 나는 결코 아버지를 닮지 않겠다고 맹세해야 했다. 그렇지 않으면 나의 가까운 사람이 나를 의심할지도 몰랐다. "저놈 저것도 제 애비랑 똑 닮았어."

그러니까 이렇게 되뇌어야 한다.

나는 아버지가 아니다, 나는 애비 없이 자랐어도 꽤 괜찮은 놈이다, 애초에 내가 아버지를 만난 적이 한 번뿐인데 어떻게 닮을 수 있겠나, 물론 유전자는 무시하지 못하겠지만, 아버지의 부재가 분명 내 인격에 부정적인 영향을 끼쳤겠지만, 노력하겠다, 어떻게든 좋은 사람이 될 수 있도록 하겠다, 그러니 제발 나를 의심하지 말아달라.

나는 언제나 결벽증 환자처럼 나에게 아버지와 닮은 모습이 단 하나라도 있다면 지우기 위해 벅벅 긁어댔다. 그러는 동안 나라는 존재도 함께 지워졌다.

한 친구에게 '아버지'를 주제로 글을 연재할 생각이라고 말했다. 아버지가 없어서 내 삶이 얼마나 망가졌고, 우리 가족은 또 얼마나 망가졌는지 열과 성을 다해 설명했다. 그 친구는 내 말을 한참 듣더니 더는 들어주지 못하겠다는 듯 미간을 찌푸리며 나에게 탓하냐고 물었다. 아버지를 탓하냐는 말이었다. 남 탓이나 하는 인간이라니, 얼마나 찌질한가? 나는 곧장 아버지를 탓하는 건 아니라고 말했다. 꼭 거짓말을 할 때처럼 입안이 텁텁했다. 텁텁함이 내게 솔직하게 말하라고 재촉하는 것 같아서 말을 바꿨다. "아냐, 아버지를 탓하는 게 맞아. 탓하는 게 맞지."

내가 찌질한 인간이라는 걸 잊고 있었다. 하지만 남 탓을 하지 말아야 하는 이유는 무엇이란 말인가? 실제로 아버지가 없어서 나와 우리 가족이 얼마나 큰 고통을 당해야 했나? 무책임하게 떠난 아버지가 원망스러운 마음이 고개를 들었다. 그래, 나는 아버지를 탓해도 된다. 그럴 자격이 있다. 아버지 때문에 내 인생은 이 모양 이 꼴이 된 것이다.

그날부터 내 안에서 이미 낡아 부서진 아버지의 흔적을 찾기 시작했다. 아버지와 엄마, 형과 아버지, 아버지와 나, 아버지와 그 여자, 62년생 아버지, 몇 년 전 성남에 있는 오피스텔에서 살았던 아버지, 아버지, 아버지…….

내게 아버지는 소설 속 등장인물처럼 떠올리려면 상상이 필요한 존재다. 겉모습도 그렇고, 성격이나 성향도, 모두 단편적인 단서들을 끼워 맞춰 상상해야 했다. 허세가 심하고, 자신이 똑똑하다고 생각하고, 무협지를 좋아하며, 현실에 동떨어져 사는 듯한 사람. 아버지를 그리기엔 단서가 부족했지만, 그 정도도 내 삶을 망치기엔 충분했다. 그 불연속적이고 단편적인 정보가 나와 닮아 있기 때문이다. 형은 엄마를 닮았고, 나는 아버지를 닮았다. 아버지를 뺀 셋이 한집에서 살았으니 나는 언제나 별난 아들이자 특이한 동생, 결정적으로 아버지를 닮은 이단아였다.

앞으로 아버지의 부재가 내 삶에 어떤 영향을 끼쳤는지, 나라는 인간의 본모습은 무엇인지 이 글을 쓰면서 알아가고자 한다. 다소 거칠고 공격적이며, 찌질하게 아버지를 탓하는 모습을 보일지도 모른다. 어쩔 수 없다. 그게 사실이니까.

1993년
6월 16일

오늘은 나의 생일이다. 아무 약속도 없다가 겨우 약속이 생긴 초라한 생일, 내 생일은 여느 날과 다르지 않고 나 또한 다르길 바라지 않는다. 내게 생일은 이다지도 작은 날이다. 이런 내가 생일을 맞아 색다른 상상을 했다. 내 생일의 뿌리를 찾아간 것이다. 내가 태어난 날, 엄마의 고통 끝에 태어난, 동그란 것에 달린 탯줄을 잘리고, 보자기에 싸여 조심스레 내려놓이던 그 순간으로.

나는 아내의 귀를 찢을 듯한 비명과 내 어깨를 다급하게 두드리는 손동작 때문에 깼다. 처음엔 꿈인 줄 알았다. 아내는 알람시계처럼 얼굴을 잔뜩 찌푸린 채 뭐라뭐라 했지만, 그 목소리는 거실에 떠다니는 먼지처럼 볼품없었다. 잠에서 깬 내 입에서 한숨이 새어 나왔고, 아내는 내 옷을 붙잡은 채 비명을 지르고 있었다. 하필 이 새벽에 진통이라니. 잠든 지 얼마 지나지도 않은 것 같은데. 짜증이 치솟았지만, 애를 이 냄새 나는 반지하 방에서 낳을 수도 없는 노릇이었다. 아내의 손을 붙잡은 채 잔뜩 긴장한 얼굴의 첫째와 함께 택시를 탔다. 기사에게 아산병원 응급실로 가달라 했고, 기사는 이런 상황이 익숙한 듯 거칠게 차를 몰았다. 차가 덜컹댈수록 아내의 목소리는 커졌다. 아내의 날카로운 비명에 전날 마셨던 소주가 올라올 것 같았다. 나는 아내에게 조용히 좀 하라고 말했다. 아내는 뒷좌석에서 내 말을 듣고 뭐라뭐라 했지만 무슨 말인지 여전히 알아들을 수 없었다.

병원에 도착하자 의사와 간호사들이 아내를 데리고 급하게 움직이기 시작했다. 이제 내 할 일은 끝났다는 신호다. 담배나 태우러 나가는데 큰아들이 쭈뼛대며 따라오는 게 눈에 밟혔다. 제 에미가 걱정이라도 되는지 자꾸만 뒤를 돌아봤다. 남자답지 못한 새끼. 커서 뭐가 되려고. 병원 밖으로 나가자, 상쾌한 공기와 함께 이 새벽에도 담배를 태우는 사람이 꽤 있었다. 다리를 다치고, 머리를 다쳐도 역시 담배는 태워야 하나 보다.

담배를 태우며 올려다본 병원은 꽤 높았다. 나는 이렇게 큰 병원에 올 때마다 이곳에서 죽어가는 사람이 있다는 게 거짓말처럼 느껴진다. 사람의 죽음은 곧 태어날 내 아이의 탄생처럼 은밀하게 이루어지는 탓이다. 우리는 누가 태어났는지, 또 누가 죽어가는지 실감조차 하지 못한 채 이 삶을 겨우 살아가다 죽는다. 그것이 나는 참을 수 없을 만큼 지루하다. 이 변변치 못한 집구석에는 나를 자극할 만한 것이 없고, 나도 이 집구석에서는 하고 싶은 게 없다. 살아서 무엇을 할 것이며, 죽어서는 또 무엇을 할 것인가.

내가 원하는 삶은 이미 내 정류장을 떠났고, 앞으로 다가올 삶은 귀찮은 것만 거머리처럼 내 피를 빨아댈 것이다. 곧 태어날 애가 밤마다 얼마나 울어댈지, 놀아달라고 얼마나 들러붙을지, 생각만으로 머리가 지끈거리는 데다가 그 애가 숨 쉬고, 먹고, 자고, 싸는 모든 순간의 비용이 내 주머니에서 나간다는 사실을 생각하면 벌써 속이 쓰렸다. 이 집구석만 없었어도 내 삶이 얼마나 윤택했을지, 얼마나 설렘이 가득한 삶이었을지 말해서 무엇할까. 이놈들은 내 삶의 족쇄요, 감옥이다. 나는 멍하니 앉아 고개를 숙이고 있는 아들놈의 뒤통수를 때리고 병원 안으로 들어갔다.

얼마나 기다렸을까, 간호사가 나를 찾았다. 간호사를 따라 들어가니 아내가 바람 빠진 풍선처럼 병원 침대에 늘어져 있었다. 아내에게 다가가 어깨에 손을 올리며 말했다. 고생했네. 아들놈은 제 어미의 손을 찾아 꼭 잡더니 그곳에 자신의 이마를 대었다. 나는 흰 보자기 같은 것에 싸인 아기를 안았다. 내가 제 아비라는 것을 아는 듯 애가 꾸물거렸다. 이 작은 것이 앞으로 끼칠 해를 생각하면 속이 쓰렸지만, 그래도 귀여운 맛이 있었다. 나는 조심스레 애를 아내 옆에 내려놓고 병원 밖으로 나갔다. 벌써 동이 트고 있었다. 잠도 얼마 자지 못했는데 이대로 출근해야 할 판이었다. 나는 목구멍에 촘촘히 박혀 있는 가래를 카악 하며 꺼내어 뱉었다. 가래가 빠져나가 텅 비어버린 이 구멍을 무엇으로라도 채우고 싶었다.

아버지에게 바치는

오래된 편지 1

6월 16일

"당신은 언제나 그랬어요. 언제나 나를 보지 않았죠. 됐어요.
요새 당신은 어떻게 살고 있나요? 죄책감에 절어 하루하루를
눈물로 끝내고 있어요? 그랬다면 좋겠지만, 그렇지 않겠죠.
당신은 그 무엇도 보지 않을 테니까."

　사실 나는 당신에 대해 별다른 감정이 없다. 당신에 대한 기
억이 없으니 쓸 말도 없다. 그래서 내가 만든 기억이 하나, 당
신을 찾아간 일이었다. 하지만 그것도 오래전 일. 나는 당신에
대해 무감해지고 있다. 기억하는 감각이라곤 당신의 까슬했던
턱수염뿐이다. 그런데 요즘은 아무것도 바라보지 않는 당신

이 자꾸만 떠오른다. 당신이 무엇을 바라보고 살았는지 궁금하다. 내가 그랬던 것처럼 당신의 눈은 허무만을 좇았나? 내가 어떤 행동을 해도 당신의 냄새가 배어나오는 것만 같아서 참을 수 없이 역겨울 때가 있다. 당신은 정말 어떤 인간인가? 당신의 삶은 무엇을 바랐으며 또 무엇을 꿈꿨고 지금은 어디로 향하고 있는가?

고작

구두 한 켤레

어렸을 때 나는 엄마의 보드라운 손을 만지길 좋아했다. 특히 엄마의 품에 안겨서 껌딱지처럼 붙어 있는 게 제일 좋았다. 엄마를 안고 있으면 샴푸와 파운데이션이 섞인 냄새가 났다. 맞붙은 살에서 느껴지는 안온한 촉감은 내 모든 근심을 날려버리기 충분했다. 물론 엄마는 아침 일찍 출근해서 밤 9시가 돼서야 집에 들어왔기 때문에 나는 엄마의 베개 속에 밴 엄마 냄새를 맡는 일이 더 많았다.

나에겐 여섯 살 터울의 형이 있다. 형은 엄마 대신 아침에 나를 초등학교에 데려다주고, 학교가 끝나고 저녁이 되면 이런 저런 요리를 해 저녁밥을 차려줬다. 엄마가 보고 싶다며 징징 대는 나를 재밌는 이야기를 해주며 달랬고, 엄마보다는 거친

손으로 내 손을 위아래로 흔들며 잡아주었다. 내가 걷기 싫다고 보채면 형은 나를 업고 5층까지 올라가기도 했다. 한번은 나를 계단에서 놓쳐서 내 머리에 땜빵이 생기는 바람에 형은 엄마에게 죽기 직전까지 혼나기도 했다.

　우리 집 현관에는 정체를 알 수 없는 신발이 있었다. 검고, 주름만 잔뜩 낀 구두였다. 가끔 그 구멍에 발을 넣으면 오리처럼 뒤뚱거려서 형에게 신기하다며 보여줬다. 형은 그 모습이 귀여웠는지 자꾸만 나에게 구두를 신어보라고 했다. 그러다 문득 나는 이 구두의 주인이 궁금해졌다. 엄마가 집에 오면 저 구두가 누구 것인지 물어봐야겠다고 생각했다.

　추석을 맞아 우리 가족은 외할아버지와 외할머니가 사는 시골로 갔다. 이모와 외삼촌도 함께여서 외할아버지 집은 시끌벅적했다. 시골집에서 외할아버지에게 인사를 드리고 놀다가 외삼촌이 래프팅하러 가자고 했다. 그게 뭔지도 모르고 나는 좋다고 했고, 외삼촌을 앞세운 몇몇이 래프팅을 하러 떠났다. 구명조끼를 입고 보트에 탄 나는 물에 떠 있다는 사실에 덜컥 겁이 났지만, 내 또래 사촌들도 가만히 있는데 무섭다고 말할 수가 없었다. 꾹 참고 이 시간이 지나기만을 기다렸다.

　보트는 출렁이며 강물을 따라갔다. 다들 즐거워했지만 나는 점점 더 무서워졌다. 내가 타고 있는 보트의 속도는 너무 빨랐고, 사람들이 지르는 소리에 귀가 먹먹했으며, 예고 없이 내게 퍼부어지는 물 때문에 정신을 차릴 수가 없었다. 끊임없이 노를 젓고 있는 팔의 힘은 점점 빠져서 모든 걸 포기하고 싶을 때쯤, 보트가 뒤집혔다. 그 순간에도 다른 사람들은 뭣이 그리 즐거운지 웃으며 헤엄치고 있었다. 하지만 나는 이대로 물에 빠져 죽을까 봐 겁이 났다. 다시 보트에 올라탄 이모에게 살려달라고, 죽고 싶지 않다고 말했더니 이모가 큰 소리로 웃기 시작했다. 이모는 외삼촌에게 내가 죽을 것 같다고 말한 사실을 전했다. 외삼촌은 남자 새끼가 뭐 이런 걸 무서워하냐며 또 껄껄 웃었다. 나는 별안간 서러워져서 보트 줄에 매달린 채 하염없이 울었다.

래프팅이 끝나고 저녁 먹기 전의 분주한 집으로 한 할머니가 찾아왔다. 그 할머니와 어른들은 숙덕숙덕 얘기를 나누더니 나에게 다가왔다. 방에서 놀고 있던 형도 불렀다. 어른들은 이 할머니를 따라가면 된다고 했다. 할머니는 내 머리를 쓰다듬으며 많이 컸다고 자신이 기억나냐는 소리를 했다. 어른들은 왜 이렇게 지루한 질문만 하는 걸까? 그래도 할머니가 머리를 쓰다듬을 때는 기분 좋은 느낌이 들었다. 나는 할머니와 재잘거리며 놀고 있었지만, 형은 어딘지 모르게 뚱한 표정으로 우리를 따라서 오고 있었다. 할머니와 잡고 있던 손을 놓고 형에게 다가갔다. 형에게 우리가 지금 어디 가는지 아느냐고 물었다. 형은 어른들이 그랬던 것처럼 숙덕거리며 말했다. "우리 지금 아빠에게 가는 거야."

할머니는 초록색 대문으로 들어갔다. 우리도 뒤따라 들어갔다. 그곳에는 한 할아버지가 있었다. 건성으로 인사하는데 할아버지가 다가와 내 손을 덥석 잡았다. 그리고 꼭 껴안아주었다. 할아버지는 나를 안은 채로 내 뒤통수를 쓰다듬었다. 할아버지의 품속에서 옅은 담배 냄새가 났다. 할머니는 우리를 방안으로 안내했다. 그곳에는 웬 남자 한 명이 앉아 있었다. 구불구불한 머리카락이 제멋대로 자리를 잡았고, 콧대는 칼날 같았으며, 다른 사람보다 깊은 눈은 부리부리했지만, 그 입술은 거무죽죽한 것이 생명력이 없었다. 입 주위에는 거칠고, 또 검은 수염들이 솟아나 있었다. 벌어진 어깨에서는 힘이 느껴졌다. 전체적으로 사극에 나오는 나무꾼처럼 우악스러운 면이 있는 남자였다. 그는 날 보더니 웃으며 내 겨드랑이에 손을 넣어 자신의 무릎 위에 나를 올려두었다. 남자에게선 불쾌한 술 냄새가 났고 턱수염이 목에 닿을 때마다 따가웠지만 차마 남자의 품속에서 나올 순 없었다. 내 아빠였으니까.

아빠는 내게 학교생활은 어떠냐고 물었다. 이어서 친구들은 잘 사귀고 있는지, 갖고 싶은 것은 있는지 물었다. 나는 이리저리 대답하다가 갖고 싶은 것이라는 말에 귀가 번쩍 뜨여서 "컴퓨터!"라고 소리쳤다. 나는 피시방에 가는 것을 좋아했다. 피시방에서 형이 게임하는 모습을 바라보는 것이 얼마나 재밌는지 몰랐다. 나도 게임을 하고 싶었지만, 형이 시켜주지 않아서 늘 지켜보기만 해야 했다. 집에 컴퓨터가 있으면 얼마나 좋을지 상상하곤 했지만, 감히 엄두를 내지 못했다. 컴퓨터가 비싸다는 것을 들었기 때문이다. 그래서 아빠의 질문에 쉽게 답할 수 있었다. 컴퓨터가 너무 갖고 싶었다. 나도 형처럼 컴퓨터로 게임을 하면서 친구들에게도 자랑하고 싶었다. 동시에 아빠가 절대 허락하지 않으리라 생각했다. 엄마에게 컴퓨터를 사달라거나 피시방에 가고 싶다고 하면 혼나기 일쑤였으니까.

그런데 아빠의 반응이 이상했다. 당연히 컴퓨터는 조금 크면 사자고 하든가, 다른 선물을 골라보라고 말할 줄 알았는데, 아빠는 그까짓 컴퓨터 백 개도 더 사줄 수 있다면서 제일 좋은 컴퓨터를 사주겠다고 약속했다. 심지어 새끼손가락까지 걸었다! 꼭 전기가 온몸에 통하는 것처럼 솜털이 쭈뼛 섰다. 말도 안 되는 일이 벌어진 것이다! 나는 뒤돌아 아빠에게 뽀뽀하며 아빠를 껴안았다. 기분이 좋아 소리를 지르며 아빠가 최고라느니, 아빠가 있어 좋다느니, 그런 소리를 지껄였다. 세상을 다 가진 것 같은 기분에 만족스럽게 아빠 품에서 웃었다. 아빠의 술 냄새도 참을 만했다. 그때 형은 어떤 표정을 하고 그곳에 앉아 있었을까. 잘 기억이 나지 않는다.

집으로 돌아온 나는 엄마에게 달려가 아빠가 컴퓨터를 사주기로 했다고 말했다. 엄마는 "우리 아들 좋겠네." 하며 웃었다. 나는 내 컴퓨터를 가질 수 있다는 사실이 믿기지 않았다. 컴퓨터가 생기면 어떤 게임을 할지, 어떤 친구에게 자랑할지도 모두 생각해 봤다. 얼른 시간이 흐르길 바랐다. 마음 같아서는 타임머신을 타고 컴퓨터가 생기는 미래로 가고 싶었다. 겨우 잠이 들고 그다음 날에는 친한 친구에게 아빠가 컴퓨터를 사주기로 했다며 자랑했다. 친구도 게임을 하고 싶어 해서 나중에 컴퓨터가 우리 집에 오면 게임을 시켜주겠다고 했다.

하루가 지나고, 또 하루가 지나고, 다시 하루가 지나, 열 밤, 스무 밤이 지나도 컴퓨터는 오지 않았다. 엄마에게 컴퓨터가 언제 오느냐고 울고불고 난리를 쳤다가 호되게 혼난 이후로는 엄마에게 컴퓨터가 언제 오느냐고 물어볼 수도 없었다. 그 와중에 친구는 언제 게임을 시켜줄 것이냐고 물었고, 나는 아빠가 제일 좋은 컴퓨터를 사느라 늦는다고 말했다. 형은 애초에 큰 기대가 없었던 것처럼 별 반응이 없었다. 내가 할 수 있는 것이라곤, 그때쯤 주인을 알게 된 구두를 지르밟는 것이었다.

아빠의 약속 이후로 오랜 세월이 흘렀다. 아빠는 나와 했던 유일한 약속을 끝내 지키지 않았다. 아빠는 왜 컴퓨터를 사주지 않았을까? 가끔 상상하는 주제다. 아들과 새끼손가락을 걸고 약속하고서 잊어버린 것이라면 정말 최악이고, 아빠도 사정이 여의치 않았다면 참작할 수 있다고 생각한다. 아마 (심지어 아빠에게 직접 물어보더라도) 평생 답을 알 수 없는 질문일 것이다. 무슨 수로 다른 사람의 진심을 알 수 있겠는가? 사실 답을 안다고 해도 별로 달라질 것이 없기도 하다. 아빠가 피치 못할 사정이 있었던 거라면 내가 아빠를 용서할까? 아니, 용서 이전에 내가 아빠의 삶을 들여다보며 관심을 가지기나 할까?

아빠는 바람피웠고, 그 관계를 엄마에게 들키자마자 아무런 말도 없이 집을 나갔다. 엄마는 갑작스레 생계를 책임져야 했고, 무슨 일이든 닥치는 대로 시작했다. 엄마에게 아빠의 부재는 나와 다른 의미였을 것이다. 남몰래 눈물짓고 남편이 없는 설움을 묵묵하게 견뎌냈을 것이다. 그러면서 우리 형제에게 웃어주었을 것이다. 나중에 알게 된 사실이지만, 엄마는 남자 어른이 집 안에 없으면 무시당하거나 위협을 받을 일이 생길까 봐 아빠의 구두를 현관에 놓았다고 한다. 엄마는 고작 구두 한 켤레가 우리를 지켜줄 수 있다고 정말로 믿었을까.

엄마는 하루에 열 시간이 넘게 일했다. 경력 단절 여성이 할 수 있는 일은 한정적이었고, 기술을 배우거나 시험을 치르기엔 당장 자신만 바라보는 아들이 둘이나 있었다. 출근하기 전에는 우리를 위해 음식을 준비해야 했고, 퇴근하고 오면 밀린 집안일을 쳐내야 했다. 형과 내가 집안일을 돕겠다고 나섰지만 어설펐던 탓이다. 그러니 엄마가 우리의 안전을 위해 할 수 있는 최선은 고작 구두 한 켤레를 현관에 두는 것이었다. 효용이 있든 없든 중요하지 않았다. 단지 그것이 엄마의 최선이었을 뿐이다. 평생을 나밖에 몰랐던 내가 이제야 엄마의 마음을 생각한다. 엄마는 대체 어떤 마음으로 하루하루를 살아냈을까.

내 안에서 뭔가가

무너진 날

초등학교 4학년 때, 외삼촌이 새벽에 우리 집으로 찾아왔다. 외삼촌의 기척에 나는 잠에서 깼고, 몽롱한 정신으로 인사했다. 외삼촌은 그런 나의 머리를 쓰다듬더니 대뜸 의자에 앉혔다. 한쪽 무릎을 꿇은 외삼촌은 내 발목을 잡고 커다란 신발을 신기려고 했다. 그 신발은 바퀴가 네 개 달려 있고, 맨 마지막 바퀴 뒤에는 검은색의 거대한 땅콩이 달려 있었다. 나는 이 신발이 인라인스케이트란 걸 눈치챘다. 인라인스케이트는 친구들은 다 가지고 있는데 나만 없는 것 중 하나였다. 잠은 화들짝 물러났고, 나는 외삼촌을 껴안으며 소리 지르기 바빴다. 달칵 소리를 내며 외삼촌은 인라인스케이트를 완전히 신겨주고 나에게 일어서 보라고 했다. 나는 외삼촌의 양팔을 잡고 의자

26

에서 일어났다. 넘어질 뻔했지만, 외삼촌의 팔이 있으니 믿고 움직일 수 있었다. 엄마는 외삼촌에게 고마우면서도 미안한 듯 말을 흐렸다. 외삼촌은 멀쩡한 인라인스케이트가 버려져 있기에 주워온 것이라고 너스레를 떨었다.

그 후로 인라인스케이트는 내 하나뿐인 반려 물건이 됐다. 학교가 끝나면 집으로 돌아와 그 좋아했던 딱지치기도 내버려 두고 인라인스케이트를 탔다. 인라인스케이트가 있는 친구들과 동네를 돌았고 한강으로 '원정'을 갔다. 친구들이 발이 아프다며 그만둘 때도 나는 계속 인라인스케이트를 탔다. 인라인스케이트가 내 발 치수보다 조금 큰 탓에 친구들보다 발이 훨씬 아팠음에도 그랬다.

나는 인라인스케이트를 타고 있는 순간이 좋았다. 바람을 가르고, 바람이 내 솜털 하나까지도 스쳐 지나가는 그 감각이 좋았다. 바람은 나를 이해하는 것 같았고, 나 또한 바람을 사랑했다. 아스팔트를 지날 때 우둘투둘한 느낌이 좋았고, 그 진동 수만큼 상승하는 내 심장박동 소리가 좋았다. 가끔 매끄러운 도로를 지날 때는 정말 부드럽게 바퀴가 굴러가서 꼭 하늘을 나는 것만 같아서 좋았다.

달리는 것이 지겨울 때면 나는 한강에 있는 모래더미 위로 갔다. 모래 위에서는 당연히 바퀴가 굴러가지 않았다. 대신 모래에 푹푹 빠지는 바퀴를 발바닥으로 느끼며 힘을 주어 그 함정에서 빠져나와야 했다. 내가 달린 만큼 내 다리는 무거워졌고, 나는 그 저릿함을 딛고 발걸음을 떼야 했다. 한 걸음씩 고통스레 걸어 달릴 수 있는 도로에 도착하면 언제 달리기가 지겨웠냐는 듯 신나게 달렸다. 쓴맛을 느껴야 단맛을 더 잘 느낄 수 있다는 진리를 이 나이에 깨우친 것이다! 인라인스케이트를 탔던 나는 누구보다 자유로웠다. 인라인스케이트 하나만 있으면 나는 발뒤꿈치가 까지는 것까지 참을 수 있었다.

그 행복이 오래가지는 않았다. 아파트 단지 재건축으로 인해 엄마가 위험하다고 인라인스케이트 타는 것을 금지했기 때문이다. 엄마 몰래 인라인스케이트를 타더라도 친구들과 같이 타야 더 재미있는 법인데, 친구들도 하루가 다르게 사라지고 있었다. 누구는 강북으로, 누구는 강남으로, 누구는 부산으로, 각자의 사정에 따라 반 친구들이 학교를 떠났다. 나는 맨 마지막이었다. 그간 내가 사는 아파트는 창문이 깨지고, 벽면에는 온갖 낙서가 범람하고, 길바닥에는 쓰레기가 바람에 뒹굴었다. 심지어 노숙자가 빈집에 들어가서 살고 있다는 소문도 돌았다. 도저히 인라인스케이트를 탈 수 있는 환경이 아니었다.

드디어 우리 가족이 이사할 때쯤, 나는 마냥 기뻐할 수 없었다. 이 무서운 아파트 단지에서 벗어나는 건 환영이었으나 집 앞 놀이터와 항상 인라인스케이트를 타고 놀았던 학교 앞 문방구, 단지 중앙상가에 있는 피아노 학원과 비디오 대여점, 세상에서 제일 맛있었던 분식집까지 모두 눈에 밟혔기 때문이다. 물론 나의 마음은 아무도 헤아리지 않았다. 그렇게 내 모든 추억은 굴착기에 의해 하나씩 무너졌다.

이사하기 일주일 전부터 우리 가족은 이삿짐을 직접 포장했다. 엄마가 포장 이사 가격을 듣더니 가격이 꽤 쎄다고 말했기 때문이다. 지금은 입지 않는 옷부터 당장 쓰지 않는 그릇까지 업체로부터 미리 받은 박스에 차곡차곡 담았다. 나는 점점 사라져가는 짐들과 맨살을 보이기 시작한 집 사이에서 야릇한 감정에 빠졌다. 새로운 집에 가서 신나기도 했지만, 초라하게 두고 올 집이 벌써부터 그리웠다. 게다가 새로 이사 가는 집이 더 좁고 습하다는 말을 듣고부터는 멀쩡한 집을 두고 떠난다는 게 이해가 가지 않았다. 엄마에게 계속 이 집에 살면 안 되냐고 물었지만, 엄마는 손을 휘저으며 내 방에 있는 겨울옷을 가져오라 했다. 그놈의 재건축이 뭔지, 이사를 피할 수는 없는 것 같았다. 그렇다면 부디 가끔 내 몸을 기어 다니는 바퀴벌레가 없는 집으로 이사 갈 수 있기를.

이사하는 날이 다가왔다. 나는 인라인스케이트를 혹시라도 잊어버릴까 봐 새집까지 들고 간다고 했지만 내 의견은 간단히 묵살되었고 인라인스케이트는 무참히 박스 안으로 처박혔다. 이사 업체 직원들은 신발을 신고 우리의 보금자리에 들어와 수많은 박스를 척척 옮기기 시작했다. 그들의 손이 거쳐 갈 때마다 우리 집은 맨살을 보이기 시작했고, 시간이 더 지나자 알몸이 되었다. 업체 직원은 점심을 먹고 새로운 집에서 오후 1시부터 다시 작업을 시작할 것이라 했다.

새집으로 어떻게 가야 하나 싶었는데 예전 집주인 아저씨가 새집까지 차로 데려다준다고 했다. 엄마는 조수석에 앉았고, 나는 뒷좌석에 앉았다. 나는 오랜만에 차를 타서 기분이 좋았다. 쑥쑥 바뀌는 바깥 풍경과 버스와 달리 온갖 포즈를 취해도 된다는 자유가 좋았다. 꼭 인라인스케이트를 타고 미친 듯이 달리는 것 같았다. 그런데 조수석에 앉은 엄마의 언성이 조금씩 커지기 시작했다. 집주인 아저씨가 보증금 500만 원 중 일부를 아직 주지 않아서 엄마는 계속 달라고 말하는 중이었다. 말 끝에 결국 엄마의 울음이 터졌다. 내 입이 조금씩 열리면서, "엄마, 엄마." 하고 엄마를 찾았다. 엄마는 나를 보지 않은 채 고개를 숙이고 울었고, 나는 목구멍이 막힌 채, 나오지 않는 목소리로 엄마에게 "왜 울어."라며 나도 울었다.

그 극적인 장면에 집주인 아저씨도 마음이 변했는지 우리 모자를 달래주기 시작했다. 무슨 말을 했는지 기억은 나지 않는다. 다만 내가 했던 모든 결심은 기억이 난다. 마음속으로 몇 번이나 아저씨가 죽기를 바랐다. 할 수만 있다면 내 손으로 죽여버리고 싶었다. 그럴 수 없다는 걸 알면서도 아저씨의 목을 조르고 자꾸만 열리는 저 역겨운 입을 찢어버리고 싶었다. 그 모든 결심이 무색하게 나는 바보처럼 울기만 했다. 마음속으로는 돈을 많이 벌어야겠다고 생각했다. 다시는 돈 때문에 엄마가 눈물 흘리는 꼴을 보고 싶지 않았다. 이사할 거면 포장 이사를 하고 싶었고, 겨우 500만 원 때문에 아쉬운 소리를 하고 싶지도 않았다. 그깟 500만 원 받지 않아도 그만이라며 아저씨 얼굴에 침을 뱉고 싶었다. 무엇보다 돈을 벌어서 엄마와 맛있는 것을 먹고, 엄마가 바라는 예쁜 집에 살고, 엄마가 매번 들었다 놨다 했던 금색 팔찌를 사주고 싶었다. 어찌 됐든 돈이 필요했다. 돈으로는 무엇이든 할 수 있으니까.

나는 이날이 내 안에서 가난을 향한 분노가 지어진 날이라고 생각했다. 이전에는 가난한 우리 집이 아무렇지도 않았는데, 이날 이후로는 가난한 우리 집이 참을 수 없을 만큼 부끄러웠기 때문이다. 이전에는 웃어넘겼을 일도 머리끝까지 화가 치밀어 올랐다. 친구가 나를 무시하면 돈이 없는 나를 무시하는 것처럼 느껴져서 불같이 화를 냈다. 그 친구도 화를 내면 벌벌 떨면서도 치고받고 싸웠다. 선생님이 그 일로 우리를 부르면 나는 어떤 대답을 들으려는 것처럼 눈을 부릅뜨고 따지듯 선생님에게 말을 쏟아냈다. 이후에도 툭하면 선생님의 말꼬리를 잡았다.

중학생 때는 어디서 황금만능주의란 이야기를 주워듣고는 이거다 싶었다. 말 그대로 황금은 만능이 아닌가? 자본주의 시대에 무엇이든 할 수 있는 것이 바로 돈 아닌가? 자본이 가장 우선시되는 시대, 돈으로는 무엇이든 할 수 있는 시대, 이런 시대에 중요한 것은 윤리나 도덕이 아니라 세상을 좌지우지할 수 있는 돈이라고 생각했다. 돈이 있으면 자연스레 힘이 생긴다. 권한이 생기고 권리가 생긴다. 그뿐이랴? 돈은 저 지하에 처박힌 나의 계급을 단숨에 올려준다. 그러니 돈이 곧 힘이다. 힘이 있었으면 엄마가 조수석에서 초라하게 눈물 흘릴 필요도 없었을 것이고, 애초에 그 집주인 아저씨가 우리를 함부로 대하지 않았을 것이다. 그래, 분명 그럴 것이다.

그때로부터 한참 시간이 흐른 지금, 이 글을 쓰면서 나는 그날이 내 안에서 가난을 향한 분노가 지어진 날이 아니라, 재건축 때문에 허물어진 우리 집처럼 내 안에서 무엇인가 무너진 날이라고 다시 생각한다. 나는 그날 아저씨에게 소리를 지르지도 못했고, 차에서 내린 뒤 엄마를 위로하지도 못했고, 이후에도 엄마의 상처받은 마음을 헤아리지도 않았고, 그 아저씨가 왜 그랬는지, 그 이야기가 정확히 무엇인지, 내 기억이 정말 맞긴 한지, 그때 대체 무슨 일이 일어났고, 대체 왜 그런 일이 일어난 건지, 알려고 하지 않았다. 당시에 나는 나 자신이 아무것도 할 수 없다고 믿었다. 그저 그 이야기를 마음속 깊은 곳에 묻어두고, 그것을 오직, 나를 동정하는 데만 썼다. 나는 그런 일을 겪을 만한 사람이 아니며, 그 일은 내 잘못이 아닌 것이다. 그렇다면 누구 잘못인가? 힘이 없는 우리 가족 탓이다. 정확히 말하면 엄마와 우리를 버리고 떠난 아빠의 탓이다. 무책임한 아빠로 인해 겪지 말아야 할 것을 겪었다. 나는 그렇게 믿었다.

그러나 무너진 것은 나 자신이다. 엄마의 잘못도 아니고, 아빠의 잘못도 아니다. 그때의 나는 아무것도 하지 않았다. 많은 것을 할 수 있었음에도 두려운 마음에 웅크리고만 있었다. 아마 나는 내가 아무것도 할 수 없었다는 사실을 믿고 싶지 않았을 것이다. 합리화의 과정에서 탓할 사람을 찾고, 돈을 바라고, 배금주의를 그토록 옹호했던 것은, 역설적으로 내 안에 힘이랄 것이 없었기 때문이다. 그러니 외적인 힘을 바랐다. 물리적인 힘으로 내 존재를 증명하려고 했다. 내가 여기에 분명하게 살아 있다고 온몸으로 외쳤던 것이다. 나는, 여기, 살아 있다. 물론 그래봤자 증명할 수 있는 것은 아무것도 없었다. 오히려 증명하려고 시도할수록 내 안은 텅텅 비기만 했고, 그 공허함을 채우기 위해 더 많은 힘으로 나 자신의 쓸모를 증명하려 했다. 폭력을 일삼고, 폭언을 서슴지 않으며, 내 존재가 무엇인가 의미 있는 존재란 걸 증명하고 싶었다.

스무 살 무렵에 나는 대체 왜 내 자존감은 밑바닥인지, 나는 왜 나를 이토록 혐오하는지, 왜 나는 이 모양 이 꼴인지, '씨발'을 입에 매단 채 고민하고 또 고민했다. 답은 나오지 않았으나 술을 마시고, 사랑을 갈구하고, 또 꿈을 꾸면서 어떻게든 내 존재를 증명하려고 애썼음을 지금은 알고 있다. 그때의 내가 단한 순간이라도 성공했으면 좋았겠으나 모두 실패했다. 나는늘 내 존재가 무력하지 않다는 사실을 증명하지 못했다. 이것만큼 처참한 일이 따로 있을까? 내가 아무리 착한 일을 많이 해'참 잘했어요' 도장을 따내도, 깊은 뿌리부터 시작하는 자기혐오가 모든 것을 망쳐버렸다. 내 마음속에서 나는 아무리 발버둥 쳐야 쓰레기일 뿐이다. 약하고 저속하며 비겁한 영혼, 구원이 닿지 않을 영원한 죄수.

내가 살았던 아파트가 있던 자리에는 새로운 아파트가 지어졌다. 옛 흔적은 이제 찾아볼 수 없다. 건물을 부수면서 모든기억을 떨쳐버린 탓이다. 지금은 잠실 땅값의 지표로서 굳건하게 새로운 기억을 새겨나가는 중이다. 내 안의 마음도 재건축하고 있다. 리모델링으로 바꿀 수 없다는 것을 실감했기 때문이다. 고치려고 하지 말고 싹 다 뒤엎어야 한다. 십수 년간버려진 탓에 무엇을 간직하고, 또 무엇을 버려야 할지 모르겠지만, 그래도 조금씩 내 보금자리를 만들어가고 있다. 하지만쉽지 않다. 정말로. 내 안에는 내가 모르는 내가 너무나 많다.나는 이유도 모른 채 나에게 끌려다닌다. 아버지의 부재는 어떤 나를 만들었을까. 아버지의 부재가 만든 나는 버려야 할 나일까, 간직해야 할 나일까. 원한다면 버릴 수는 있는 종류의 것이기는 할까. 마침내 나는 나를 어떻게 받아들여야 할까. 내 안에서 들끓는 질문들이다.

손톱 밑 가시가
나도 모르는 새에 썩어버렸다

두루마리 휴지를 왼손에 돌돌 말아 뜯어 토사물 위로 던진다. 라면 사리가 눈에 안 보이니 좀 살 것 같다. 가져온 종량제 봉투 입구를 두 손으로 비비며 입구를 연다. 탈탈 털어 봉투에 공기가 들어가게 만든 후 펼쳐서 바닥에 내려놓는다. 이제 조금씩 젖어 드는 휴지를 모아 봉투에 넣어야 한다. 이대로는 손에 축축함이 느껴질 것 같아서 다시 휴지를 왼손에 돌돌 말아 뜯고, 던지고, 다시 말고, 뜯고, 던졌다. 토사물 위에 휴지가 수북이 쌓여 이제는 토사물 흔적도 찾을 수 없을 정도였다. 나는 숨을 들이마셨다가 콧속으로 들어온 토사물 냄새 때문에 얼굴을 찌푸렸다. 이내 다시 한숨을 내쉬고, 토사물 앞으로 쭈그려 앉았다. 무엇이든 해야 한다. 무엇이든. 양손을 토사물 위 휴지에 대고 마치 모래성을 허물지 않고 모래를 잔뜩 가져오려는 것처럼 토사물을 한곳으로 모았다. 이내 젖지 않은 휴지로 바닥을 함께 닦으며 양손으로 그 전체를 들어 올려 종량제 봉투에 넣었다. 다행히 토사물이 흐르진 않았다. 하지만 종량제 봉투 윗부분에 토사물이 묻었고, 나는 다시 휴지를 왼손에 돌돌 말아 뜯었다.

거실 구석으로 쓰러진 형이 보인다. 이 사단의 원흉이 저 형이다. 형과 나는 여섯 살 터울이다. 형이 중학교에 입학할 때, 나는 초등학교에 입학했고, 내가 중학교에 입학할 때, 형은 대학교에 입학했다. 아니, 할 줄 알았다. 형은 보기 좋게 수능을 말아먹었고, 재수할지 말지 엄마와 실랑이를 벌이는 중이다. 그러던 중에 술을 먹고 새벽에 들어왔다. 엄마는 형을 기다리다 지쳐 잠이 들었고, 나는 새벽에 몰래 들어온 형의 토사물을 받는 신세다. 토받이네, 토받이. 그래도 엄마가 형을 발견한 것보다는 낫다. 엄마가 형을 봤으면 형이 술에 취해 해롱거리든, 토를 하든, 뭘 하든, 다리몽둥이 하나는 부러뜨릴 심산으로 세차게 욕을 했을 테니까. 벌써부터 싸움터가 될 아침의 집이 두려웠지만, 내가 잘만 치우면 어떻게든 파국은 막을 수 있을지 몰랐다. 물론 온 집안이 술 냄새와 토사물 냄새로 가득 차 얼마나 숨길 수 있을지 모르겠지만 말이다. 그 순간, 형이 상체를 일으켜 다시금 토를 하기 시작했다. 새로운 웅덩이가 하나

생겼고, 나는 욕지거리를 내뱉으며 한 손에는 두루마리 휴지를 들고 웅덩이로 향했다.

내가 아주 어렸을 때부터 엄마는 아침 일찍 출근해서 밤늦게 퇴근했다. 자연스레 형이 나를 챙기는 일이 많았다. 어렸을 때를 떠올리면 나는 항상 형의 검지손가락을 잡고 다녔다. 형은 그런 내 모습을 꽤 귀여워했다. 형의 취향이 그리 마이너한 것은 아니라서 내가 거리로 나서면 많은 사람, 특히 여학생들이 그렇게 귀여워했다. 나를 보았다가 다시 형에게 몇 살인지를 묻고, 또 나를 보았다가 다시 형을 보며 이름이 뭐냐고 묻는 식이었다. 그럴 때면 형은 입이 찢어져라 웃으며 답하기 바빴다. 여러모로 친절한 형이다. 좀더 크고 나서는 형이 피시방에서 게임하는 것을 지켜보곤 했다. 형이 잘하고 있으면 나도 가슴이 뛰고, 형이 헤매고 있으면 나 또한 가슴이 답답해졌다. 꼭 형이 나고, 내가 형인 것처럼 형이 가깝게 느껴졌다. 세상에서 제일 좋은 사람은 역시 엄마고, 그다음은 형이었다.

엄마는 우리와 함께할 절대적인 시간이 부족했다. 그 와중에도 엄마는 우리 형제가 먹을 음식을 차려놓고 출근을 했지만, 안타깝게도 그 양이 그리 넉넉지는 않았고 엄마가 바쁠 때는 그마저도 없었다. 배가 고플 때면 형이 라면을 끓여주거나 계란프라이를 해줬다. 좀더 커서는 가난한 아이들이 굶지 않도록 구청에서 돈 대신 종이 쪼가리를 발급해줬다. 굳이 '종이 쪼가리'라고 낮춰서 말하는 이유는 그 종이가 정말 외관상 허접했기 때문이다. 꼭 부루마블에서 사용하는 가짜 화폐 같았다. 흰색 바탕에 주황색 글씨로 점잖게 뭐라뭐라 쓰여 있었지만, 나는 본능적으로 이 종이로 무엇인가를 사 먹는 순간, 아담이 선악과를 먹고 벗은 몸을 부끄러워했듯이, 나 또한 나의 가난을 온전히 받아들이지 못하고 발가벗은 것처럼 부끄러워하리란 걸 알았다.

하지만 결국 가게 앞에 섰다. 작은 백반집이었는데 구청에서 사용 가능하다고 했던 가게 중에 가장 허름하고 사람이 없는 곳이었다. 창밖으로 보니 한 남자가 밥을 먹고 있었다. 왠지 사람이 있을 때 들어가기 싫어서 그냥 걷기 시작했다. 동네를 크게 돌고 나서 다시 그 백반집 앞으로 걸어갔다. 이번엔 사람이 없었다. 쭈뼛거리며 가게 문을 열고 들어갔다. 마침 손님이 떠난 자리를 정리하는 아주머니와 눈이 마주쳤다. 나는 거의 웨이브를 하는 것처럼 뻣뻣하게 "안녕하세요."라며 인사를 건넸다. 그리고 아주머니를 보지 않은 채, 가게 안의 밥솥이나 반찬통, 휴지통 같은 것을 쳐다보면서 말을 꺼냈다. "여기, 이거 사용할 수 있나요⋯⋯." 사용할 수 있다는 것을 알면서도, 혹시라도 아주머니의 마음이 바뀌었을까 봐 물었다. 아무 말 없이 밥을 먹었는데 계산할 때 더는 쿠폰을 사용할 수 없다고 말하면 낭패 아니겠는가. 아주머니는 정리하던 것을 잠시 내려놓고는 웃으면서 사용 가능하다고 말했다. 나는 그 웃음에 안도가 되면서도 왠지 모를 불쾌감이 내 뺨을 쿡쿡 찌르는 것을 느꼈다.

내가 주문한 김치찌개가 나왔다. 콩자반에 어묵볶음, 그리고 무생채와 김도 나왔다. 다 내가 좋아하는 것들이라 밥과 함께 허겁지겁 먹어치웠다. 아주머니는 그런 내게 다가와 말을 걸었다. "반찬 더 줄까?" 나는 손사래를 치며 괜찮다고 세 번이나 말했다. 아주머니를 보면서 한 번, 다시 고개를 돌리지만 여전히 손을 흔들며 한 번, 그리고 손을 내린 채 고개를 숙이고 김치찌개를 바라보며 개미 목소리로 한 번. 김치찌개가 바닥을 보이기 시작하자 나는 숟가락을 내려놓았다. 밥도 3분의 1쯤 남겼다. 아직 충분히 더 먹을 수 있었음에도 그랬다. 혹시라도 내가 김치찌개를 게걸스럽게 바닥까지 긁어 먹거나 공깃밥을 하나 더 시켜서 반찬과 함께 후딱 해치운다면, 글쎄, 그 모습은 아주머니에게 어떻게 보일까? 그리고 나는 어떤 인간이 되는 걸까? 그런 비참하고도 비합리적인 생각에 음식을 남겼다. 딱 나의 자존심만큼이었다.

그 후로 형도 비슷한 일을 겪었는지는 알 수 없으나 우리 형제는 식당으로 그 종이 쪼가리를 들고 가지 않았다. 먹는 내내 불편할 바에 집에서 라면이나 끓여 먹자는 심산이었다. 그렇게 종이 쪼가리가 집에 쌓여갈 때쯤, 형이 묘안을 가지고 왔다.

중국집에서 탕수육을 포장하자는 것이다. 나는 좋다고 했고, 형은 몸소 중국집에 가 탕수육을 포장해 왔다. 평소 잘 먹지 못하는 음식이라 우리는 침을 질질 흘리며 게걸스럽게 탕수육을 먹어치웠다. 그 자리에서 튀김가루 하나까지 마무리한 우리는 탕수육을 담은 스티로폼 용기가 열 때문에 녹은 것을 발견했다. 탕수육의 모양을 따라 파인 부분이 둥글어서 달을 보는 것 같기도 했다. 움푹 파인 달, 우리는 그 달이 찝찝했지만, 탕수육을 먹었다는 만족감이 워낙 컸으므로 넘어가기로 했다. 사실 무엇이 문제인지도, 또 얼마나 심각한 일인지도 몰랐다. 그럴 나이였다.

거실 한구석에 누워 있는 형이 꿈틀대더니 물을 찾았다. 나는 가스레인지 위에 놓인 주전자를 들어 컵에 물을 따랐다. 엄마가 좋아하는 보리차였다. 형에게 물을 건네주고는, 형이 잠꼬대처럼 씨발거리는 소리를 들었다. 그 소리를 듣고 움찔했지만, 그 욕이 나를 향하지 않았다는 것을 알고 안도했다. 어쩌다 이런 형을 도와주고 있을까 싶기도 했지만, 우리 가족의 평화를 위해서는 어쩔 수 없는 선택이다. 아니, 꼭 해야만 했다. 엄마가, 안 그래도 하루에 열 시간 넘게 일하느라 피곤한 엄마가 이 꼴을 보면 얼마나 화를 낼지 모르기 때문이다. 그러니 형이 얼른 정신을 차리면 좋겠다고 생각했다. 형은 보리차를 마시고 다시 드러눕더니 이번엔 방으로 들어가 침대에 누웠다.

열이 올랐는지 상의를 걷어 올린 채 배를 깐 상태였다. 나는 그런 형의 부른 배를 쳐다보다 벽에 등을 기대고 앉았다. 자연스레 눈이 감겼다.

탕수육 기름에 녹은 스티로폼 때문인지, 아니면 가장 싼 탕수육 대신 가끔 사 먹던 깐풍기 때문인지, 그것도 아니면 유전자에 비만이라고 적혀 있었기 때문인지, 우리 형제는 살이 붙기 시작했다. 매일같이 기름진 탕수육을 반찬 삼아 먹고, 남은 탕수육은 다음 날에 라면에 넣어 먹거나 분홍 소시지와 함께 구워 먹은 게 잘못된 걸까? 살이 찌면서 움직이는 게 버거워졌고, 조금만 움직여도 땀이 비 오듯 쏟아졌다. 나는 땀 흘리는 게 싫어서 뛰기보다는 걷기 시작했고, 밖에서 뛰어노는 것보다는 안에서 놀기를 택했다. 친구들과 도서 대여점에 가서 판타지 소설책을 읽고, 피시방에서 〈바람의 나라〉 같은 게임을 했다. 그런 생활은 나를 더 살찌게 했고, 나는 더 그런 생활에 몰두했다. 악순환도 그런 악순환이 없었다. 형이 내 손을 놓은 것도 그즈음이었다. 형은 내 이름을 부르기보다 야, 너, 새끼, 이렇게 부르는 일이 많아졌고, 웃으면서 나를 바라보기보다 미간을 찌푸린 채 흘겨보는 일이 많아졌다. 눈치 없는 나는 형의 변화를 알아차리지 못한 채 언제나처럼 형을 찾았고, 형은 짜증을 내고, 다가오는 나를 밀어내고, 내가 도저히 말을 들어 먹지 않는다고 느낄 때쯤엔, 고함을 치며 나를 때렸다.

다음 날이 되고, 또 다음 날이 되고, 다시 한 번, 다음 날이 되어도, 형은 나에게 아무런 말을 하지 않았다. 나는 구석에서 소리 죽여 우는 일이 많아졌다. 형은 내게 말을 하는 대신 주먹으로 때리는 일이 많아졌다. 잠꼬대로 형의 몸을 건드리면 영문도 모른 채 맞아야 했고, 형을 똑바로 바라보면 그 시선 때문에 맞아야 했다. 나는 형을 피했고, 형은 나를 무시했다. 나는 아침에 학교를 가서 엄마가 퇴근하는 밤 9시에 엄마와 함께 집에 들어왔다. 형과 같이 있으면 눈치가 보였기 때문이다. 그래서 학교가 끝나고 밤 9시까지 할 일을 찾아야 했다. 친구들과 노는 것도 한계가 있고, 밤늦은 시간까지 놀 친구도 없었다. 아무리 생각해도 도서관 말고는 딱히 갈 만한 곳이 없었다. 도서관은 늦게까지 있어도 아무도 뭐라 하지 않았다. 그리고 도서관에서 책을 읽는다는 사실이 나를 특별하게 만들어주었다. 똑똑한 아이, 아는 것이 많은 아이, 뭐 그렇게 불렸던 것 같다. 그런 시선을 의식해 그때 도서관에서 읽었던 책이 〈엔트로피〉나 〈육식의 종말〉같이 청소년에게는 꽤 어려운 책이었다. 그 책을 좋아했다기보다는 이렇게 어려운 책을 읽는 나 자신을 좋아했다. 할 수만 있다면 그런 사실을 많은 사람에게 알려서 인정받고 싶었다.

하지만 학교에서 아무리 인정받는다고 해도 집 안에서 나는 너무 약한 존재였다. 형이 경멸 어린 시선으로 나를 바라보고 욕설을 일삼을 때마다 나는 더 약해지기만 했다. 감히 형에게는 대들 생각도 하지 못한 채 내 안의 화는 차곡차곡 쌓여서 분출할 곳을 찾고 있었다. 그때 학교에서 신경을 거슬리게 만드는 동생이 있었다. 나는 형이 그랬던 것처럼, 그 애를 구석으로 몰아, 소리를 지르고, 뺨을 툭툭 쳤다. 그 애가 벌벌 떠는 모습에 머릿속부터 찌릿한 느낌이 온몸에 퍼졌다. 그 애가 혹시라도 나를 해코지할까 봐 겁이 나면서도 그가 꼼짝 못 하는 모습이 나를 우월한 존재로 만들어주는 것 같았다. 그 아이는 그 자신의 공포로 내 존재를 인정해주었다. 그 아이에게 나는, 형이 내게 그러하듯이, 악마와 같은 공포의 대상이며, 또 동경할 수밖에 없는 포식자다. 그 사실이 내가 살아 있는 존재임을 실감하게 했다. 누군가의 생명을 양분 삼아 자라는 끔찍한 욕망이지만, 그 순간의 나에게 그것은 그다지 중요한 사실이 아니었다. 그곳에는 오직 나만이 존재했다.

하지만 그 아이의 찌푸린 표정이 마음에 걸린 것도 사실이었다. 다음 날 쭈뼛대며 그 아이에게 평소처럼 말을 걸었던 것도 그 표정 때문이었다. 그것은 내가 건네는 일종의 사과였고, 우리 관계도 곧 평소처럼 돌아왔다. 그러나 여기까지는 온전히 내 생각일 뿐이다. 그 아이에게 나와 함께했던 시간이 어떤 의미였는지는 모르겠다. 그 아이가 내 볼품없는 사과를 받아줬는지도 알 수 없다. 설령 받아줬다 한들 그 아이가 받은 상처는 이미 돌이킬 수 없는 것 아닌가? 나는 이런 일이 있었다는 것도 새까맣게 잊은 채 현실을 살아갈 것이다. 내가 가해자인 기억은 껄끄럽기 때문이다. 고작 그런 이유로 나는 선량한 피해자가 되기를 택한다. 내가 받은 상처는 돌이킬 수 없고, 내가 입힌 상처는 돌이킬 수 있는 것처럼 군다. 비겁하고 어리석다는 걸 알면서도.

눈을 뜨니 방이 꽤 밝았다. 새벽 6시가 조금 넘은 시간이었다. 화장실에서는 엄마가 씻는 소리가 들렸다. 조마조마한 마음으로 방문을 열고 거실로 나갔다. 다행히 별다른 냄새가 나지 않았다. 창문을 열어 환기하길 잘했다는 생각이 들었다. 나는 엄마가 화장실에서 나오길 기다렸다. 다 씻고 나온 엄마는 방학인데 내가 일찍 일어난 게 의외라는 듯 눈을 동그랗게 뜨더니 웃으며 나를 안아주었다. 나도 엄마를 안으면서 지난밤 그 고생을 하길 다행이란 생각이 들었다. 만약 토사물이 거실에 그대로 있었으면 엄마가 이렇게 웃고 있지 않았을 테니 말이다. 아침밥도 먹지 않고 정신없이 출근하는 엄마가 내심 걱정이 됐지만 내가 할 수 있는 일은 없었다. 엄마에게 아침부터 탕수육이 들어가 기름이 둥둥 뜬 라면을 끓여줄 순 없는 노릇 아닌가? 엄마는 내게 학교에 잘 다녀오고 점심으로 된장찌개를 해 놓았으니 먹으라 했다. 나는 알겠다고 고개를 끄덕였다.

모멸감에
대하여

유치원 하면 기억나는 장면이 있다. 친구의 엄마가 와서 친구를 안아주고 뽀뽀하고 쓰다듬는 장면, 그리고 그 엄마는 친구의 손을 꼭 잡은 채 선생님들에게 인사한다. 다른 엄마도 똑같다. 어떨 때는 아빠도 오는데 엄마와 그리 다르지 않다. 안아주고 뽀뽀하고 쓰다듬고 코맹맹이 소리로 "선생님 말씀 잘 듣고 있었어요?" 이런 말을 하는 것, 나는 그런 장면에 익숙했다. 아이들이 하나둘 떠나고 선생님과 놀고 있으면 형이 나를 데리러 왔다. 물론 형은 나를 안아주고 뽀뽀하고 쓰다듬고 꿀이 뚝뚝 떨어지는 목소리로 사랑을 말하지 않았다. 그건 어쩔 수 없는 종류의 것이다.

초등학교에 입학해서는 누가 데려다주는 일은 잘 없었다.

학교가 끝나면 주로 문방구 앞으로 달려갔다. 그곳에는 친구들이 이미 모여 있었다. 우리는 100원짜리 딱지를 사서 접은 후에 딱지치기를 즐겼다. 딱지가 질릴 때쯤이면 학종이를 사서 학종이 넘기기로 얼마나 많은 학종이를 모을 수 있는지 내기했다. 그러다 배가 고프면 한 친구가 피카츄 돈가스를 먹자고 했다. 나는 돈이 없어서 사달라고 해야 했는데 친구들이 사줄 때도 있고 사주지 않을 때도 있었다. 사줄 때면 친구가 사주는 피카츄 돈가스나 같은 값의 순대 튀김 같은 것을 사 먹었고, 사주지 않을 때는 문방구 앞 다른 친구와 딱지를 치거나 학종이 넘기기를 했다. 더 시간이 지나면 친구들이 떠나기 시작한다. 문방구 앞으로 찾아온 친구의 엄마가 친구의 옷을 털어주고 태권도 학원에 갈 시간이라며 신발주머니를 챙겨주고는 먼지가 잔뜩 묻은 친구의 손을 잡는다. 그러면 나는 다시 혼자다. 근처 상가로 향한다. 한 층을 올라가 피아노 학원보다 조금 떨어진 곳에 앉는다. 아이들의 웃음소리와 함께 피아노 소리가 들린다. 피아노 소리가 내 온몸을 훑고 지나간다. 나는 눈을 감고 그 소리를 듣는다. 그러고 있으면 가끔 피아노 선생님이 문밖으로 나와 나에게 여기서 뭐 하는 것이냐고 상냥하게 묻는다. 나는 화끈거리는 얼굴을 감추며 친구를 기다리는 거라고 퉁명스럽게 말하고는 일어난다.

한번은 진지하게 피아노 학원에 다녀도 되냐고 엄마에게 물은 적이 있다. 엄마는 입을 열었다가 다시 다물고는 옅은 숨과 함께 안 된다고 말했다. 왜 다니고 싶은지, 교습비가 얼마인지, 피아노를 좋아하는지, 음악 소리가 왜 좋은지 묻지도 않은 채 안 된다고만 했다. 나는 그 단단한 거절에 압도돼 입을 다물 수밖에 없었다. 그 후로 몇 번을 피아노 학원 앞에서 서성이다, 피아노 학원 선생님이 나와 친절하게 나에게 말을 거는 것이 부담스러워서 발길을 완전히 끊었다. 가끔 피아노 소리가 귓가에 맴돌았지만, 손을 위아래로 저으며 소리를 짓이겼다. 안 그래도 무엇인가를 요구하는 일이 잘 없었지만, 피아노 학원 이후로는 아예 입을 닫고 살았다. 문제집을 사야 하거나 용돈이 필요하다고 말을 해야 할 때면 죄를 지은 것처럼 엄마 앞에서 고개를 들 수가 없었다. 엄마도 홈쇼핑에서 마음에 쏙 드는 블라우스를 보고는 살까 말까를 한참 고민하다 종료가 30초 남았을 때쯤 겨우 구입하기 때문이다. 그러나 그마저도 배송이 오면 색이 쨍하네, 원단이 별로네, 하면서 반품하기 일쑤였다. 결국 엄마가 입는 옷들은 아주 오래된 옷들과 이모네 집에 가서 얻어온 옷들이었다. 그러니 엄마를 탓할 수도 없는 노릇이었다. 누구라도 탓하고 싶었지만 탓할 사람이 없었다. 가난은 감수해야 하는 것이고, 그럴 때마다 나는 조금씩 무너졌다.

하필이면 파르테논 신전 기둥을 입구에 박아 놓은 고등학교에 배정됐다. 정문에 기둥 네 개, 옆문에 기둥 두 개 해서 총 여섯 개의 기둥이 지키고 있는 사립고등학교였다. 기둥의 높이가 못해도 5미터는 넘어 보였으니 고등학교치고는 꽤 웅장한 건물이었다. 학생들 사이에서 기둥 하나에 1억이라는 소문이 돌기도 했는데 그것이 그럴듯하게 들릴 정도였다. 문제는 이런 학교는 무엇이든 비싸다는 것이다. 등록금부터 급식비까지 꽤 값이 나갔다. 처음 이런저런 고지서를 엄마에게 들고 갔을 때 엄마는 뭐가 이리 비싸냐고 찌푸린 얼굴로 짜증을 냈다. 속으로는 요새 다 그 정도 한다고, 그렇게 돈이 아까우면 내가 점심을 안 먹겠다고 말하고 싶었지만 꾹 참았다. 대신 중학교 때도 지원을 받았으니 고등학교에서든 나라에서든 지원이 있지 않을까 넌지시 암시하면서 엄마를 달랬다.

그러나 시간이 지나도 학교에서는 아무런 말이 없었다. 이제는 내가 직접 선생님께 급식비든 뭐든 지원해달라고 말해야 하나 고민할 때쯤 한 친구가 담임 선생님이 날 찾는다고 말했다. 아직 점심시간이었다. 선생님이 날 찾을 이유로 딱히 생각나는 것이 없었다. 창밖으로는 공차기에 여념이 없는 친구들과 벤치에 앉아 뭐가 그리 즐거운지 깔깔거리며 웃는 친구들이 보였다. 1층에 있는 교무실로 내려가는 길에 무엇이든 지원해준다고 선생님이 말하면 어떤 반응을 보일까 고민했다. 기뻐해야 할까, 아니면 부담스럽다는 듯 고개를 숙이고 있어야할까. 그것도 아니면 당당하게 마치 당연한 권리를 얻는 것처럼 행동하는 것도 좋겠다. 교무실 문을 열고 들어가자 수많은 선생님이 보였다. 나는 생각한 것과 달리 잔뜩 얼어붙은 채로 아는 선생님에게 고개를 까딱거리며 인사하기 바빴다. 그리고 담임 선생님 자리로 가 거의 속삭이는 목소리로 "찾으셨다고 들었어요." 이런 얼빠진 소리를 해댔다. 내가 생각한 것보다 목소리가 작게 나와 말을 다 끝내고는 헛기침을 했다. 나는 이미 후끈 달아오른 얼굴로 어어, 거리는 담임 선생님의 허벅지를 보았다. 도저히 그의 얼굴을 정면으로 볼 자신이 없었다.

선생님은 빳빳한 회색 스트라이프 셔츠와 구김 없는 회색 면바지를 입고 있었다. 머리는 무스를 바르고 스프레이를 뿌렸는지 태풍이 와도 움직이지 않을 것 같은 짧은 머리를 하늘 높이 치켜세운 모양새였다. 턱은 사각형 모양이었고 코도 눈도 얼굴에 있는 모든 것이 컸다. 전체적으로 풍채가 있는 몸이어서 밖에서 우연히 마주쳤으면 움찔할 만한 사람이었다. 선생님은 내 사진이 붙은 종이를 오른손으로 들고 왼손으로는 자신의 각진 턱을 매만졌다. 아마 말을 고르고 있으리라. 나를 맡은 선생님은 나와 면담할 때 거짓말처럼 똑같은 표정과 말투, 또 지나치게 온화한 목소리로 조심스럽게 말했다. 꼭 나를 금방이라도 깨질 유리잔처럼 다루었다. 힘든 일은 없는지, 자신에게는 언제든 말해도 된다든지, 간혹 내가 어떤 삶을 사는지 관심 없는 선생님도 있었지만, 무엇이 더 낫다고 할 수 없을 정도로 둘 다 거북했다. 내 눈앞에 있는 선생님은 아마 관심 없는 쪽은 아닌 것 같았다. 관심이 없다면 저렇게 말을 고르지도 않을 테니까. 관심 없는 선생님은 이렇게 말한다. "힘든 일은 없고? 그래, 1년 동안 잘 지내보자." 애초에 이야기가 길게 늘어지지 않는다. 그들은 아주 신속하지만 피곤한 눈으로 학생들을 분석한다. 그중에 불량품이 없는지 솎아내는데 나는 언제나 불량품이었다. 그들에게 나는 평범한 학생 중 하나일 뿐이지만, 동시에 어떤 불미스러운 사건이 일어나면 가장 먼저 의심할 학생 중 하나이기도 하다. 그러니까 반에서 물건이 없어지기라도 하면 가장 먼저 나와 몇몇을 의심하는 식이다. 가난하기 때문에, 흔히 말하는 범행 동기가 충분하다는 것이다. 나는 거기다 덤으로 한부모 가정이라는 라벨까지 붙어 있으니 말 다 했다.

　내 앞에 있는 선생님이 드디어 입을 열었다. 고등학교에 와서 많이 낯설 텐데 적응하기는 어떤지 물었다. 나는 뭐라뭐라 대답했지만, 온통 급식비 지원에 대한 생각뿐이라서 횡설수설했다. 선생님은 내 정보가 적힌 종이를 들고 계속 물었다. 꿈이 정치인인데 왜 그런지, 취미가 독서라고 했는데 어떤 책을 읽고 있는지, 그런 것들 말이다. 나는 세상을 바꾸고 싶어서 정치인이 되고 싶다고 했다. 무엇을 바꾸고 싶냐길래 이 세상엔 부조리한 것이 너무 많다고, 부조리한 일이 이 세상에서 사라졌으면 좋겠다고 말했다. 덧붙여서 이 세상을 바꿀 수 있는 힘이 정치인에게 있는 것 같아서 장래희망으로 정했다고 했다. 최근 읽은 책은 사실 판타지 소설이었지만 그걸 그대로 말할 수도 없는 노릇이었으므로 예전에 읽었지만 잘 기억도 나지 않는 마키아벨리의 〈군주론〉을 읽었다고 했다. 우연히도 장래희망과 퍽 들어맞는 책이었다. 선생님은 처음에는 온화한 표정으로 이야기를 듣다가 점점 표정이 굳어지더니 내가 부조리를 이야기할 때는 얼굴을 찌푸리는 것 같기도 했다. 그가 내게 어떤 부조리를 느꼈는지 모르지만 나는 그의 표정을 보고는 더 신이 나서 말했다. 그는 내게 어떤 말을 하고 싶어 안달이 난 것처럼 보였지만 끝내 아무 말도 하지 않았다.

선생님은 충분히 이야기를 나누었다 싶었는지 본론을 꺼냈다. 우리 학교에는 이런저런 지원이 있는데 내가 신청하면 심사를 통해 선정한다는 이야기였다. 누구를 위한 지원이라고 특정하지 않았다. 선생님이 나를 배려하고 있다는 것을 알았다. 나는 아까 나에 대해 말할 때보다는 작은 목소리로 좋다고 했고, 그는 내게 급식비뿐만 아니라 방과 후 수업비도 원한다면 지원해주겠다고 말했다. 어떻게든 나를 불행에서 꺼내주려고 안간힘을 쓰는 것처럼 보였다. 그가 열과 성을 다해 내게 어떤 혜택을 줄 수 있는지 말하는 걸 듣고 있을 때면, 숙제 끝나고 받는 '참 잘했어요' 도장처럼 내 삶에 '참 불행해요' 도장이

찍힌 느낌이 들었다. 그가 날 도와줄수록 내 삶이 도움을 받아야 하는 부족하고 어딘가 모자란 삶이라는 것을 인정해야 했기 때문이다. 그런 내 마음을 아는지 모르는지 선생님은 내가 지원 사업을 신청할 수 있도록 여러 서류를 챙겨주면서 필요한 서류를 함께 말해주었다. 서류를 챙긴 내가 일어서려고 하자 그가 말했다. "반으로 올라가면 A에게 교무실로 내려오라고 말해줘." 나는 알겠다고 말하며 웃었다. 직감적으로 A가 나처럼 무엇인가 부족한 친구란 걸 알았기 때문이다. 나는 그 사실이 무척이나 마음에 들었다.

학교가 끝나고 집에 도착해 엄마가 오기를 기다렸다. 아직 학교에서 확실히 지원을 약속받은 것은 아니지만, 이렇게 얼마나 불쌍한지 테스트하는 심사에서는 한 번도 떨어진 적이 없었다. 지원하기만 하면 우리는 나라에서나 학교에서 늘 무엇인가 지원받을 수 있었다. 적어도 가난에 있어서는 꽤 자신 있는 집안이자 어떤 보조금도 타 먹을 수 있는 보증수표나 다름없는 집안이었다. 그렇지만 구태여 지원받을 수 있는 것들을 찾아다니지는 않았다. 그런 정보를 찾기가 어려운 데다 우리 가족이 게으른 것도 하나의 이유겠지만, 결정적인 이유는 보조금을 타 먹겠다고 주민센터에서 쭈뼛대며 내 가난을 입증하는 것이 부끄러웠기 때문이다. 아무 서류도 준비하지 않고, 또 어떤 상담도 없이, 나에게 어떤 혜택이 주어진다면 못 이기는 척 받기라도 하겠지만 보조금을 얻기 위해선 준비할 것이 많다. 우선 난생처음 들어보는 서류부터 발급받아야 한다. 문제는 기관마다 서류의 정확한 이름을 말하기보다는 부채를 증명할 수 있는 서류를 달라고 하거나 건강보험료가 일정 금액 이하여야 한다는 것을 증명해야 한다거나, 일정 수준 이하의 소득을 증명해야 한다거나, 그런 식으로 안내를 한다는 것이다. 그러면 다시 주민센터에 전화해서 묻고 또 물어야 한다. 부채를 어떻게 증명하냐, 은행에서 부채증명서를 발급해달라고 하면 되냐, 건강보험료는 어떻게 보아야 하느냐, 국세청에서 소득금액증명원을 달라고 하면 되냐, 그렇게 전화를 끊고 각 기관으로 서류 발급을 요청할 때면 또 문제가 생기는데, 동사무소에서 말한 서류의 이름과 발급받을 수 있는 서류가 다르다는 것이다. 그러면 또다시 주민센터에 전화해 이 서류밖에 발급받을 수 없다는데 이 서류도 되는지 물어야 한다.

이 과정을 거치다가 엄마는 지쳐 떨어져 나갔고, 나는 내 가난을 증명하는 것에 숨이 턱 막혔다. 도와준다는데 이까짓 게 뭐 대수인가 싶다가도, 나는 아무 도움도 필요 없다고 말하다가, 다시 도움을 받아 맛있는 걸 먹고 싶다가, 마침내 비참해지는 식이다. 우리 집은 왜 가난할까. 아빠는 왜 우리를 버렸을까. 어차피 버릴 거면서 나를 왜 세상에 태어나게 했나. 그래서일까. 엄마가 고된 일 때문에 파김치가 돼서 집에 왔을 때, 힘

없는 목소리로 엄마 왔다고 말하며 씻지도 않은 채 퍼져버렸을 때, 나는 선생님이 주신 서류를 엄마에게 던지며 "이딴 집에서 살기 싫어!" 같은 청춘 드라마의 대사나 내뱉고 싶었다. 그것도 아니면 이 더러운 세상, 더는 살고 싶지 않다는 유서를 피로 쓴 채로 콱 죽어버려서 뉴스에 나오는 것도 괜찮겠다 싶었다. 〈세상 비관한 고등학생, 끝내 극단적 선택.〉 헤드라인도 나쁘지 않고 감성도 있는 것 같은데. 그렇지만 흔한 것이 흠이라면 흠이다. 우리는 자살이 너무나도 익숙한 시대에 살고 있으니까.

거실에 누워 있던 엄마가 벌떡 일어나 화장실로 걸어갔다. 옷가지는 훌훌 벗어 던져 허물처럼 남긴 채였다. 꽤 오랜 시간이 지나고 화장실 문이 증기와 함께 열렸다. 엄마는 개운한 표정이었다. 나는 지금이 가장 좋은 타이밍이라는 것을 알았다. "엄마, 담임 선생님이 그러는데 심사만 통과하면 급식비 지원해줄 수도 있대요." 엄마는 오른쪽으로 고개를 돌린 채 수건으로 머리카락을 비비며 닦다가 내 이야기를 듣고는 눈이 동그래져서 물었다. "정말?" "네, 정말이요. 잘하면 방과 후 수업비 같은 것도 지원해줄 수 있대요. 잘됐죠?" 엄마는 대답 대신 나에게 달려와 나를 꼭 안은 채로 방방 뛰었다. 덕분에 나도 공연장에 온 것처럼 제자리에서 계속 뛰었다. 엄마는 나를 안고 뛰면서 괴상한 비명을 지르기도 했는데, 누가 보면 로또에라도 당첨된 줄 알 것 같았다. 그만큼 기뻐했다. 내심 급식비 지원이라고 해봐야 얼마 되지도 않는다고 생각했지만, 엄마가 이렇게 기뻐하는 모습을 보면서 됐다 싶었다. 그래, 됐다. 나도 엄마를 꼭 껴안은 채 소리를 지르기 시작했다. 우리는 그 순간 기쁨을 누렸다.

태어나자마자 버려졌다는 생각,

그 두려움

수능을 준비한 고등학생은 수능이 끝나고 대학교에 입학하기 전까지 겨울잠처럼 긴 휴식기를 가진다. 이때 대학에 입학할지, 재수할지, 또 다른 길로 갈지 정하게 된다. 예체능계 학생은 이 시기에 실기를 준비하기 바쁘지만, 학생 대다수는 갑작스레 주어진 자유에 얼이 빠져서는 멍하니 하루를 보내거나 할 일도 없이 친구를 만나 아무 말도 없이 휴대전화만 만지작거리다 헤어지기 일쑤였다. 나도 별다를 건 없었다. 언제나처럼 친구들과 만나 휴대전화만 만지작거리고 있는데 한 친구가 휴대전화에 눈길을 준 채로 뜬금없이 물었다. "야, 너네들은 왜 사냐?" 고저가 없는 담담한 목소리였다. 나는 눈이 번쩍 떠져서 고개를 들고 친구를 봤다. 덤덤한 친구의 말에 내 마음에는 수많은 파문이 일었다. 그러게, 내가 왜 살고 있지? 나는 왜 자살하지 않지? 내 인생에 중요한 것은 뭐지? 우리는 한참 동안 답도 나오지 않는 그 질문을 붙잡고 시간을 보냈다.

그 이후로 우리는 틈만 나면 서로에 대해 이야기했다. 나는 어떤 사람인가? 그렇다면 너는 어떤 사람인가? 우리의 장점과 단점은 뭐가 있을까? 10년 뒤에 우리는 어떻게 살고 있을지, 누가 가장 먼저 결혼할 것 같은지, 1년 뒤에 죽는다면 그때까지 어떤 삶을 살아갈지, 지금은 꺼내기도 망설여지는 속 깊은 이야기를 쉽게도 했다. 나는 조금씩 내밀한 이야기에 중독돼서 누구에게도 말할 수 없는 비밀 정도는 말해야 진정한 친구가 될 수 있는 것이라 믿었다. 한 친구가 가난을 말하고, 한 친구가 꿈을 말하고, 다시 다른 친구가 사랑을 말하고, 또 어떤 친구가 죄책감을 말하고 있으면, 우리는 그 어떤 우리보다 특별해졌다. 우리의 친밀감은 비밀을 공유하고 있다는 사실에서 나왔다. 이런 이야기를 어디 가서 하나 싶은 것이다.

어느 날은 친구와 함께 동네를 배회하다가 A 이야기가 나왔다. 그 친구는 한참 동안 A만큼 착한 친구는 본 적 없다거나 우리 중에 A가 가장 순수한 친구인 것 같다고 말했다. 나는 그 말을 듣고 괜히 심술이 나서 물었다. "A도 막상 궁지에 몰리면 별다른 거 없을걸? 지금이야 가면을 쓰고 있어서 그렇지, 막상 까고 또 까다 보면 그 마음속에 뭐라도 있다니까." 친구는 내 말에 조금 놀란 것처럼 보였지만 나는 신경 쓰지 않고 계속 말했다. "A는 자기 생각도 없이 맨날 우리한테 맞춰주려고만 하잖아. 나는 그게 마음에 안 들어. 그냥 조금 솔직해지면 안 되나? 하고 싶은 말 하면서 살면 안 돼? 진짜 A 보면서 답답할 때가 많다니까. 그렇잖아. 우리 이야기할 때도 아무 말도 없이 가만히 있기만 하고. 정작 중요한 이야기는 하지도 않잖아." 친구는 내 말을 듣고 생각에 잠긴 듯 한참 말이 없었다. 사람을 옆에 두고 민망하게 걷기만 할 뿐이었다. 그러다 집 근처 신호등을 멍하니 기다리는데 친구가 몸을 틀어 나를 보더니 내 눈을 보면서 말했다. "근데, 정작 중요한 이야기를 하지 않는 건, 너도 마찬가지 아니야?"

그 말을 듣는 순간 머리가 멍해졌다. 그러다 불쾌감이 온몸에 퍼졌다. 평소처럼 나랑 A는 다르다고 쏘아붙이고 싶었지만, 그렇게 말하는 순간 꼭 내가 지는 것만 같아서 입을 다물었다. 대신 내 기분이 상했다는 걸 알리고 싶어서 크게 한숨을 쉬었다. 슬쩍 친구를 보았더니 굳은 표정으로 앞만 보며 걷고 있었다. 우리는 아무 말도 하지 않고 걸었다. 언제나 헤어지는 장소에 도착했을 때는 조심히 들어가라고 말하고는 갈라섰다. 아무 일도 없었던 것처럼 말이다.

나는 곧장 집으로 가지 않고 근처 편의점에서 생수를 샀다. 차가운 물이 몸속으로 들어오자 뻗친 열이 좀 식는 느낌이 났다. 그러다 친구의 형편없는 기억에 헛웃음이 일었다. 차 안에서 보증금을 주지 않는 집주인의 횡포에 아무것도 하지 못했다고 내가 고백한 순간은 대체 기억이나 하는 건지, 중학교 때 따돌림을 당해 세상과 단절된 나의 기억을 덤덤히 말했던 건 아예 잊어버린 건지, 목구멍에 딱 맞는 돌덩이가 박힌 것처럼 숨이 막혔다. 내가 A보다 더 솔직하게 내 이야기를 하지 않았던가? 나도 입을 꾹 닫고 있다면 착하고 순수한 친구가 됐을 것이다. 그러나 나는 우리를 위해 솔직하기를 택했다. 비겁하게 숨지 않고 있는 그대로의 내 모습을 드러낸 것이다. 그 친구는 A가 아니라 나를 인정해야 했다. 나는 A보다 불행하면서도 그 불행 때문에 숨지 않고 당당히 맞서 싸웠다. 가면 뒤에 숨어 진정한 자신을 드러내지 않는 이는 A다. 만약 A도 자신의 모습을 있는 그대로 드러낸다면 나와 별반 다를 것이 없는 추악한 모습일 것이다. 그래, 분명 그럴 것이다.

집에 도착했을 때 불이 꺼져 있었다. 나는 자연스레 신발장 신발 속 숨겨진 열쇠를 찾았는데, 신발장 왼쪽 밑으로 오래된 검정 구두가 보였다. 열쇠를 찾고 쭈그려 앉아서 그 구두를 꺼내 보았다. 신발 앞쪽에 접히는 부분이 많이 닳지 않은 데다 밑창은 먼지 하나 없이 깨끗했다. 단지 색이 바래 검은색 구두가 불투명한 막에 쓰인 것처럼 보였다. 반들반들거리는 것이 정장 입을 일 있으면 딱 신기 좋겠다고 생각하며 구두를 다시 신발장에 넣었다. 그리고 한 사람이 떠올랐다. 구불구불한 머리카락이 제멋대로 자리를 잡았고, 콧대는 칼날 같았으며, 다른 사람보다 깊은 눈은 부리부리했지만, 입술은 거무죽죽한 것이 인간 특유의 발랄한 생명력은 없어 보였던, 그 사람, 나의 아버지. 나는 오른손에 열쇠를 든 채로 문 앞까지 걸어갔다. 열쇠를 구멍에 집어넣고 오른쪽으로 돌렸다. 현관문을 열고 신발을 벗은 뒤에 감각에 의지한 채로 형광등을 켰다. 화장실에 들어가 안경을 벗고 세수를 한 뒤에 수건으로 얼굴을 벅벅 닦았다. 그러고는 방 안 침대에 걸쳐 누웠다. 그러는 동안 내내 아버지를 생각했다.

　누군가가 나에게 아버지가 어떤 인간이냐고 묻는다면 나는 아무것도 아닌 인간이라고 답할 것이다. 나의 기억 속에 아버지는 단 한 번 등장하는 엑스트라일 뿐이다. 비중은 조연 정도 될까. 아버지가 중요한 사람이 있다면 그것은 엄마와 형일 것이다. 엄마는 말할 것도 없고 나보다 여섯 살 많은 형은 아버지의 꽤 많은 부분을 기억할 테니까. 나는 아버지 하면 떠오르는 것이라곤 까끌거리는 턱수염뿐, 그것은 인간에 대한 기억이기보다는 사물에 대한 기억에 가깝다. 내게 아버지는 살아 있는 인간이 아니다. 죽어 있는 인간이다. 그렇지만 아버지가 없다는 사실 자체는 내게 의미가 있다. 사실 그것은 비장의 한 수 같은 것이었다. 어른들과 이야기할 때 아버지가 없이 자랐다는 사실을 슬쩍 흘리고는, 내 삶이 고통스러웠다고 말하면 된다. 그러면 게임 끝, 어른들은 그 값싼은 동정을 나에게 쏟는다. 그리고 더 많은 관심은 더 많은 혜택으로 돌아온다. 남몰래 내가 살아내는 법이다. 그러니 아버지의 부재 또한 아버지처럼 내게 그리 큰 문제가 아니다. 내 삶에 어떤 영향을 끼친 것은 아버지보다 가난이었다. 아마 그래서 친구들에게 아버지에 대해서 말하지 않았을 것이다. 물론 친구들은 내 어머니와 아버지가 이혼했다는 사실을 알고 있지만, 그뿐이다. 나는 그 이상 아무것도 말하지 않았고, 사실 말할 것도 없다고 생각했다.

대책 없이 시간이 흘렀다. 나는 기껏 수능을 치르고도 수능 점수 없이 내신만으로 합격할 수 있는 전문학교에 입학했다. 공무원 행정학과, 공무원 시험을 준비하는 학교였다. 다른 친구도 제 갈 길을 갔다. 각자 바쁜 나날이 이어졌지만 가끔 동네에 모여 함께 노래를 부르고 술을 마셨다. 진지한 대화도 잊지 않았다. 우리는 너무 취해서 다음 날이 되면 아무것도 기억하지 못할 것을 알면서도 온갖 것에 대해 이야기했다. 근황이나 진로뿐만 아니라 각자 연애를 하면서 느낀 것들이나 정치부터 종교까지 삶의 모든 것이 주제가 되었다. 한창 이야기가 무르익을 때쯤 나는 처음으로 막걸리에 사이다를 말아 마셔서 내 의지와는 무관하게 시계 방향으로 흔들리는 내 몸을 통제할 수 없었다. 눈을 내리깔았다가 다시 한창 이야기에 빠진 친구를 바라봤다가 게슴츠레 눈을 뜬 채로 친구의 눈을 보았을 때, 나는 우리가 정작 우리들의 마음에 대해 이야기하지 않는다는 것을 알았다. 우리는 옳고 그른 것은 나누었지만, 기쁘고 슬픈 것은 나누지 않았다. 힘든 일이 있어도 당시에 말하기보다는 다 지나고 나서 덤덤하게 말할 수 있을 때 아무 일도 아닌 것처럼 말했다. 나도 마찬가지였다. 마음속에서 휘몰아치는 온갖 마음들을 정리할 수 있을 때쯤 입을 열었다. "나, 그런 일이 있었다?"라며 옛날이야기를 하는 것이다. 나는 우리가 점점 우리를 둘러싼 것들에 대해 이야기한다고 생각했다. 정작 중요한 우리에 대해서는 말하지 않았다. 그렇다고 우리에 대해서, 나 자신에 대해서 말하려고 마음을 먹어도 말문이 막혔다. 대체 무슨 이야기를 해야 할지 몰랐다. 술을 먹어서 그랬나 싶었지만 다음 날도, 그다음 날도 마찬가지였다.

중간고사 기간이라 팔자에도 없는 행정법 개론 책을 붙잡고 있을 때였다. 친구에게서 전화가 왔다. 잠깐 독서실에서 나와 전화를 받는데 친구의 목소리가 꼬였다. 이미 술을 많이 마신 것 같았다. 친구는 당장 나오라고 휴대전화 너머로 극성이었다. 나는 시험을 친다거나 그런 변명을 하다가 한숨을 내쉬고는 나가겠다고 말했다. 친구는 "당연히 그래야지."라며 껄 껄 웃더니 자기 위치를 말하고는 전화를 끊었다. 나는 독서실에서 짐을 정리하면서 내심 이 친구가 대체 무슨 일 때문에 이

렇게 술을 마셨는지 궁금해졌다. 여자친구랑 헤어졌나? 이렇
게까지 술을 마실 일이 있었나? 생각을 머리에 가둔 채로 약속
장소로 갔다. 멀리 담벼락에 기대 서 있는 친구가 보였다. 친구
는 술이 좀 깼는지 생각보다 멀쩡했다. 무슨 일로 술을 이렇게
마셨냐고 물어도 별말이 없었다. 친구는 집 근처 꼬치집으로
들어갔다. 닭꼬치와 염통 꼬치, 그리고 소주를 시켰다. 친구는
말도 없이 소주를 잔에 채우고는 그것을 들이켰다. 나는 기행
을 벌이는 친구의 모습에 눈치를 보면서 짠이나 하자고 했다.
그때부터 친구가 입을 열었다. 친구는 그 자신에 대해서 말했
다. 계속해서 말했다. 나는 아무 말도 할 수 없었다. 내가 해결
할 수 있는 것도 없고, 공감할 문제도 아닌 것 같았다. 하지만
다 허물어가는 꼬치집에서 염통 하나를 질겅거리다, 헛헛한
입안을 소주로 씻겨내는 그 순간에, 짐작도 못 할 아픔을 털어
놓는 친구에게는, 무슨 말이라도 해야겠다 싶었다. 그렇게 꺼
낸 말이 "우리 집에는 아버지가 안 계셔."였다. 그때 입 밖으로
꺼낸 아버지라는 단어가 마치 뜻 모를 외국어를 되뇌는 것처
럼 낯설어서, 나는 이 순간이 아버지에 대해서 처음으로 누군
가에게 말하는 순간이란 걸 알았다. 그 말을 시작으로, 나는 준
비라도 한 것처럼 말을 이었다. 그때 말을 했던 사람이 나였는
지는 아직도 의문이다. 내 입은 분명 움직이고 있는데, 내가 무
슨 말을 하는지 이해하지 못했기 때문이다. 꼭 꿈을 꾸는 것처

럼 나는 어떤 말을 쏟아내는 나를 지켜보고 있었다.

우리 집에는 아버지가 안 계셔, 아버지는 집을 나갔어, 바람이 났나 봐, 근데 그때 나는 너무 어려서 아무것도 기억이 안나, 엄마한테 조금 주워들은 게 전부거든, 형은 조금 아는 거 같은데, 그래도 어렸을 때 아버지 한 번 만나봤어, 그때 아버지가 컴퓨터 사준다고 했는데 아직도 안 사줬다? 그게 몇 년 전인데, 근데 아무렇지도 않아, 아버지가 없는 게 뭐 대순가, 그래도 가끔, 진짜 가끔씩, 내가 뭘 잘못했길래 떠났나 싶기도 하고, 왜 떠났을까, 아니 왜 버렸을까, 나는 아무 잘못도 안 했는데, 왜, 왜? 아씨, 갑자기 왜 눈물이 나는지 모르겠네, 나 이거 한 번도 슬프다고 생각해본 적 없는데, 아버지 없는 거 나한텐 너무 당연한 건데, 근데 이럴 거면 대체 왜 낳은 거야? 왜 버렸어야 했는데? 나는 왜 평생을 엄마도 아빠처럼 날 버릴까 봐 전전긍긍하고, 내 곁에 아무도 안 남을까 봐 그렇게 무서워하는 건데? 아, 미안해, 이러려고 말한 건 아닌데. 진짜 별것도 아닌 걸로 청승맞았다, 그치?

그날, 감히 나에게도 묻지 못했던 의문들이 솟구쳐 오르던 날, 나는 아버지의 빈자리를, 그리고 태어나자마자 버려졌다는 사실이 나에게 어떤 흔적을 남겼는지, 처음으로 실감했다.

나에게도 아버지가
있었더라면

규모가 큰 개신교 교회에는 학생부 예배라는 것이 따로 있다. 주로 중고등학생과 이들과 함께할 선생님이 모여 예배를 드린다. 이 선생님을 보통 학생부 선생님이라고 불렀는데, 갓 스물이 된 선생님부터 나이가 지긋한 선생님까지 있었다. P선생님은 30대였다. 선생님은 키가 작고 통통했다. 머리카락은 늘 5:5 가르마를 탄 채로 넘기고 다녔는데 좀만 더 기르면 영화 〈패션 오브 크라이스트〉에 나오는 예수님 머리랑 비슷할 것 같았다. 수염은 늘 깔끔하게 정리됐지만 숱이 많아서 선생님의 턱에는 희미한 연필심이 박혀 있는 것 같았다. 만지면 부드러울 것 같은 턱이었다. 나는 선생님과 따로 친분은 없었지만 선생님은 늘 나를 만나면 손을 흔들며 반갑게 인사해주셨다.

그것도 이름을 잊지 않고 불러주면서 말이다. 그럴 때마다 나는 왼쪽 입꼬리만 올린 채 잔뜩 얼어서 누가 봐도 불편한 것처럼 고개를 까딱거리며 인사했다. 이런 환대가 처음이라 어떻게 반응해야 할지 몰랐다. 선생님에게 친구한테 하는 것처럼 장난스레 수작 부리지 말라고 할 수도 없는 노릇 아닌가. 그런데도 선생님은 내가 질리지도 않는지 언제나 반갑게 내 이름을 부르며 나를 맞이해주었다. 물론 나는 끝까지 어색한 미소로 화답했다.

그러다 고등학교 2학년 때, P선생님이 나를 포함한 몇몇 학생을 맡았다. 선생님과 단둘이 있을 기회가 있었는데 그때 선생님이 나와 친해질 수 있어서 기쁘다고 말했다. 마음 같아서는 나도 강아지가 좋아하는 사람에게 꼬리를 미친 듯이 흔드는 것처럼 알랑방귀를 뀌고 싶었지만 참았다. 대신 조금은 자연스러워진 웃음을 지으며 선생님을 보았다. 어느 날은 예배가 끝나고 모임을 해야 하는데 선생님이 날씨도 좋은데 밖으로 나가자고 말했다. 걸어서 근처 공원이라도 가는 줄 알았는데 선생님은 교회 주차장으로 갔다. 그곳에 주차된 흰색 SUV를 보고는 타라고 했다. 나와 친구는 엉겁결에 검은색 시트가 반짝반짝 빛나는 차에 탔다. 이렇게 큰 차에 타본 적이 없어서 그 느낌이 생경했다. 어찌 보면 버스에 올라타 풍경을 바라보는 것 같고, 택시에 털썩 주저앉은 것도 같은, 그 중간에 있는 느낌이었다. 나는 부들거리는 검은색 시트를 오른쪽 검지손가락으로 매만졌다. 부드러웠다. 밖을 바라보니 여름이 다가와 뙤약볕이 아스팔트를 흔들고 있었다. 사람들은 그 위에서 정신을 차리지 못했다. 신경질적으로 부채질을 했고 왼손이나 오른손이 얼굴에 드리운 햇빛을 가리기 위해 올라가 있었다. 땀방울은 관자놀이를 타고 흘렀다. 그에 비해 우리는 에어컨이 나오는 자동차 안에서 땀 한 방울 흘리지 않고 그들보다 빨리 달리고 있었다. 가마를 타고 다니던 양반들이 이런 기분이었을까? 왠지 모르게 저 사람들보다 내가 더 가치 있는 사람처럼 느껴졌다.

선생님이 우리를 데리고 간 곳은 아웃백이었다. 쭈뼛거리며 아웃백으로 들어갔는데 형, 누나 들이 우리에게 고개를 숙였다. 높은 톤의 목소리로 "반갑습니다." 말하며 몇 분인지 정중하게 물었다. 꼭 물어보면 안 되는 것을 물어보는 사람 같았다. 자리로 안내할 때는 온몸을 다 써서 우리를 안내했는데, 나아갈 방향을 손으로 가리키거나 앞서 걸으며 종종 뒤를 바라보며 잘 따라오고 있는지 확인하는 모습이 그랬다. 자리에 앉고서는 하나씩 메뉴를 설명해주었다. 그 모든 행동이 교회와는 사뭇 달랐다. 교회가 반갑게 인사하는 환대에 가깝다면 아웃백 직원들은 상대를 극진히 모시는 대접에 가까웠다. 나는 메뉴판에 적힌 가격을 보고 납득했다. 이래서 이렇게 모시는구나, 이 많은 사람이 돌아다니며 손님에게 필요한 것을 찾아다니는 이유가 있구나. 스테이크 가격은 아껴 먹기만 하면 우리 가족 3인의 일주일 식비와 비등했고, 파스타 하나는 떡볶이 모둠 대자 다섯 접시는 너끈히 먹을 수 있는 금액이었다. 고맙게도 선생님은 알아서 시키겠다며 립 하나와 파스타 하나, 그리고 새우가 들어간 요리, 치킨텐더 샐러드를 시켰다. 이외에도 옵션을 어떻게 해달라는 등 다양한 요청을 자연스럽게 했다. 주문을 마치고 나니 안도의 한숨이 나왔다. 만약 나에게 뭘 먹을지 물어봤으면 이런 음식은 먹어본 적 없다고 해야 할지, 아니면 아는 척을 하면서 저 이름도 어려운 파스타를 골라야 할지 고민하는 중이었기 때문이다.

나는 포크와 나이프를 둘둘 감은 휴지 같은 것을 풀어 식탁 위에 올려놓았다. 그런데 선생님이 그 휴지를 펼쳐서 무릎 위에 올리는 것이 아닌가. 나도 식탁 위에 올려놓은 휴지를 슬그머니 식탁 밑으로 가져와 펼쳤다. 그러고는 무릎 위에 올렸다. 곧 음식이 나왔는데 가장 먼저 나온 것은 치킨텐더 샐러드였다. 그것을 보고 어찌나 놀랐던지. 치킨텐더라 하길래 당연히 용가리 치킨텐더 정도를 상상했는데 훨씬 컸다. 심지어 스테이크처럼 치킨텐더를 집게로 잡아 잘랐다. 선생님은 마지막으로 함께 나온 드레싱을 뿌렸다. 이어서 요리가 계속 나왔고, 나는 난생처음 먹어보는 맛에 정신을 차리기가 힘들었다. 허겁지겁 먹다가도 이렇게 먹어도 되나 싶어 주위를 둘러봤는데 그러다 선생님과 눈이 마주쳤다. 선생님은 내 모습을 보고 웃고 있었다. 나도 마주 보며 웃다가 다시 음식을 포크로 찍어 먹으려 하는데 왠지 모르게 비참한 기분이 들었다.

이후에도 선생님은 이름만 들어도 고급스러운 빕스나 베니건스 같은 패밀리 레스토랑에서 우리에게 맛있는 것을 사주셨다. 다들 아웃백만큼이나 비싸고, 또 아웃백만큼이나 맛있고, 아웃백만큼이나 친절한 사람이 넘치는 곳이었다. 이제 나도 아웃백에서 정신없이 먹을 때처럼 흥분해서 허겁지겁 음식을 집어 먹지는 않았다. 다른 친구들과 이야기하면서 이런 곳에 오는 것이 자연스러운 것처럼 굴었다. 어떤 날은 먹지 않고 스타벅스 같은 곳에서 음료를 마셨다. 덕분에 나는 아메리카노의 쌉쌀한 맛부터 딸기라떼의 달콤함까지, 많은 것을 알게 되었다. 선생님과 함께 가는 곳은 언제나 에덴동산처럼 풍요로웠다. 나는 이 동산이 마음에 들었다. 이 동산에 있으면 얼굴 찌푸리는 사람 없이 모두 우리에게 친절하다. 모두가 웃고 있는 낙원이 바로 이곳이다. 이곳이 얼마나 좋은지 나는 몸이 좋지 않아서 골골대는 날에도 억지로 몸을 일으켜 교회에 갈 준비를 했다. 오늘은 대체 무엇을 경험할지 기대하면서 말이다.

나는 모태신앙이 아니라 고등학생 때부터 교회를 다녔기 때문에 사실 설교 시간에 목사가 뭐라고 하는지 단번에 이해하지 못했다. 배경지식이 필요한 이야기가 많았기 때문이다. 어떨 때는 목사의 말이 불쾌할 때도 있었다. 목사가 이 세상에서 자신의 말이 유일한 진리인 것처럼 굴 때가 특히 그랬다. 그럴 때면 나는 조금 짜증 섞인 목소리로 선생님에게 오늘 설교가 마음에 들지 않는다고 툭툭 말을 내뱉었다. 선생님은 내 짜증에 아무런 영향을 받지 않는 것처럼 인자하게 웃으며 왜 그렇게 생각하냐고 물었다. 그럴 때마다 나는 담아둔 불만을 이리저리 흩뿌렸다. 선생님의 첫 대답은 한결같았다. 일리가 있다는 것이다. 꼭 내 말이 들을 가치가 있다는 듯이 선생님은 내 이야기에 집중했다. 그리고 정말로 가치가 있다고 인정해주었다. 그럼 나는 더 신이 나서 목사의 말꼬리를 붙잡고 선생님에게 이건 아니지 않냐고 물었다. 선생님은 또다시 인자하게 웃으면서 나에게 하나씩 설명했다. 내 말이 일리가 있다는 칭찬은 잊지 않은 채로 말이다. 가끔 친구들이 교회에 오지 않아 선생님과 나와 단둘이 모임을 할 때면 학교에서 친구들과 잘 지내기 어렵다거나 앞으로 무슨 일을 해야 할지 모르겠다거나, 별 고민스럽지 않은 일을 말하며 선생님에게 조언을 구했다. 선생님의 이야기를 듣고 싶었다. 선생님은 먼저 내 말에 공감해주고, 앞으로 어떻게 하면 좋을지 함께 고민해주었다. 어떻게 하라거나 이게 정답이라고 강요하지 않았다. 필요할 때면 관련된 책을 사서 나에게 주었다. 그런 일이 쌓여갈수록 선생님에게 내가 특별한 존재가 되는 것 같아서 웃음이 났다.

　가끔 집에서 샤워하다가 화장실 거울에 비친 내 얼굴을 보았다. 거울 앞에서 표정을 이리저리 바꿔봤다. 어떻게 해도 선생님의 미소를 띤 표정은 나오지 않았다. 나는 웃어도 자꾸만 왼쪽 입꼬리만 올라갔다. 선생님의 미소는 더 짙었고, 깊었으며, 무엇보다 좌우대칭이었다. 목소리도 점검해봤다. 가느다란 내 목소리를 이랬다저랬다 옮겨보아도 선생님처럼 중후한 목소리가 나오지 않았다. 나는 백조이길 바라는 오리 같은 목소리였고, 선생님의 목소리는 백조, 그 자체였다. 어쩌면 선생님과 나는 태생부터 다른 인종일지도 몰랐다.

　선생님에게는 아이가 있었다. 나와 반 아이들은 때때로 선생님 아이를 보았다. 학생부 수련회에 데려온 아이를 보기도 하고, 선생님 가족이 함께 대예배를 드리는 모습을 보기도 하고, 선생님의 휴대전화 액정 속에서도 보았다. 가끔 나는 그 아이가 부러웠다. 그 아이가 앞으로 당연하게 생각할 부유한 환경이 부러웠고, 적어도 겉으로 보기엔 누구보다 행복해 보이는 가정에서 하루하루를 살아갈 수 있다는 게 부러웠다. 분명 저 아이는 고민이 있으면 선생님에게 말할 것이고, 선생님은 언제나처럼 인자하게 웃으며 이야기할 것이다. 저 아이는 필요한 것이 있으면 선생님에게 말할 것이고, 선생님은 고민하다 그것을 들어줄 것이 분명했다. 나는 저 아이가 선생님 곁에서 평생을 보낸다는, 단순하고도 당연해 보이는, 그 사실이 부러웠다. 아마 내가 어떤 짓을 해도 선생님에게 나는 그 아이보다 중요한 존재일 수는 없을 것이다. 그런 관계가 아빠와 아들일 테니까.

선생님을 보면서 아버지를 떠올렸다. 아버지는 어떤 사람이었을까? 엄마에게 아버지에 대해 들은 이야기를 토대로, 아버지가 집을 나가지 않고 여전히 우리 집에 있었다면 어땠을지 상상해보았다. 엄마가 묘사하는 아버지는, 술과 친구를 좋아하고, 직장에 다니는 걸 싫어해 무슨 일이든 금방 그만두기 일쑤였고, 일이 없는 날에는 실컷 자다가 일어나 또다시 술을 마시는, 한량보다 더한 삶을 살았던 사람이다. 엄마는 이런 아빠가 답답해서 직접 신문 〈벼룩시장〉에 아빠가 지원할 만한 공고를 찾아서 보여주고, 주택관리사 자격증을 딸 수 있게끔 물심양면으로 도와 합격할 수 있도록 했다. 하지만 그렇게 취업하면 뭐하나. 직장이 마음에 안 들면 곧장 그만둬버리는 사람인걸. 엄마는 그 모습을 기억하는 것이 끔찍하다는 듯 맹렬히 고개를 저으면서 그때를 회상했다. 그러니 아버지가 여전히 우리 집에 있다면, 분명 아버지는 그 좋아하는 술을 끊지 못해 집 안에는 술병이 굴러다닐 테다. 그런 모습을 보다 못해, 또 전세 보증금으로 모아둔 목돈을 까먹는 모습을 볼 수 없었던 엄마는 직접 일을 하러 나갔을 것이다. 아빠는 집에 있으면서 엄마가 벌어오는 돈으로 술을 사 먹고, 친구들과 놀면서, 이따 금 집에 들어와 공부하고 있는 내 뒤통수를 세게 후린 뒤에 아 버지가 왔는데 인사도 안 하냐며 꼬장을 부렸을 것이다. 그것 도 아니면 술에 잔뜩 취해서 새벽에 큰 소리로 노래를 부르며 집에 들어와 조금이라도 심기를 거슬리게 만들면 집에 있는 온갖 것들을 던지며 난동을 피웠을 것이다. 아마 경찰들도 출 동하고 집안 꼴이 난리가 났을 것이다. 나는 그런 아버지에게 상담은커녕 말 한마디 섞기조차 싫어서 밤늦게 집에 들어왔을 것이 분명했다.

물론 아버지를 묘사한 것은 엄마의 일방적인 시선이다. 나 는 아버지를 모른다. 아버지가 지금 어떤 삶을 살고 있을지는 짐작도 할 수 없다. 여전히 술을 좋아해도 아버지와 나는 사이 좋게 지낼 수도 있을 것이고, 아버지는 내가 얼른 성인이 돼서 소주 한 잔 같이 할 수 있는 날을 기다리는 사람일 수도 있다. 이직을 많이 하긴 했지만 꾸준하게 일하면서 가장으로서의 책 임감을 발휘할 수 있을지도 모른다. 그러니까 '만약' 같은 건 아 무 소용도 없다. 어떻게 상상하든 그것은 믿음의 결과다. 그러 니까 내가 생각한 것처럼 현실에서는 파국을 맞을 이유는 단 하나도 없다. 하지만 나는 아버지가 있었더라면 집안 꼴이 난 리가 났을 것이라고 믿는다. 엄마의 말을 곧이곧대로 믿으면 서 아버지가 나쁜 놈이라고 말하고 싶은 것은 아니다. 단지 나는 엄마가 아버지를 묘사할 때 쓰는 말들이 꼭 나를 말하는 것처럼 느껴질 때가 있을 뿐이다. P선생님처럼 다정다감하지도 못하고, 매사에 부정적이라 불평불만이 많고, 책임감 같은 건 없으며, 무협지처럼 허황된 이야기를 좋아하고, 가정적이기보다는 자유로웠던 아버지, 그리고 나. 아버지로부터 내려오는 유전자가 나의 쓸모를 결정하는 느낌, 나는 아무리 노력해도 P선생님처럼 될 수 없을 것이라는 그 절망감, 실제로도 내가 성적이 좋은 것도 아니고, 교우 관계가 원만한 것도 아니고, 무엇 하나 내세울 것 없는, 그저 그런 '나'라는 쓸쓸함, 이 모든 것을, 나는 나의 뿌리를 확인할 수도, 증명할 수도 없다는 이유로 무력하게 인정할 수밖에 없었다. 아버지가 그랬듯이, 나는 그것밖에 안 되는 놈이다.

좋은 아버지란
어떤 아버지일까

　한 친구가 부산에 가자고 말했다. 부산에 가기만 하면 자신의 아버지가 먹는 것부터 자는 것까지 책임질 것이라고 했다. 안 그래도 여행을 가기에는 돈이 부족했는데 잘됐다 싶었다. 나와 친구들은 첫 여행에 신나서 어깨동무하고 얼씨구나 춤을 추었다. 여행 당일, 우리는 한가득 짐을 짊어진 채 동서울터미널에서 만났다. 버스를 타고 부산에 갈 생각이었다. 뻣뻣한 좌석 위에서 다리부터 피곤이 쌓여갔다. 이젠 도저히 못 타겠다 싶을 때쯤 휴게소에 도착했다. 계속 자는 친구도 있었고, 알감자나 소시지를 사 먹는 친구도 있었다. 나는 후자였다. 배에 기름칠도 하고 스트레칭으로 몸을 풀어주니 좀 살 것 같았다. 스르르 잠기는 눈꺼풀을 그대로 두었다. 그리고 눈을 뜨니 부산이었다. 부산에 내리자마자 비릿한 생선 냄새가 코를 뚫을 줄 알았는데 그렇진 않았다. 동서울터미널과 똑같은 배기가스 냄새가 났다. 다들 내리자마자 찌뿌둥한 몸을 이리저리 풀었다.

부산에 오자고 했던 친구가 오른손으로 휴대전화를 들어 누군가와 통화를 했다. 왼손으로는 우리에게 따라오라고 손짓했다. 앞장서 걷는 친구를 따라가면서 우리는 드디어 부산이다, 부산이라고, 부산에 왔다고, 이런 쓸데없지만 설렘 가득한 말을 나누면서 부산에 온 것을 실감하고 있었다. 친구를 따라간 곳에는 한 남자가 서 있었다. 회색 운동복 바지에 흰색 반소매 티셔츠를 입고 있는 남자는 방금 집에서 나온 것처럼 볼품없었다. 얼굴에는 피곤이 가득하고, 금방이라도 가슴에 품은 화를 터트릴 것 같아 보이기도 했지만, 우리를 보자마자 웃었다. 정확히 말하면 내 친구를 보고 웃었다. 친구가 남자가 어떤 사람인지 소개해주고 우리는 멍하니 그 이야기를 들었다. 그가 타고 온 차에서 말이다. 솔직히 누군가 우리를 데리러 올 것이란 생각을 하지 못해서 어안이 벙벙했다. 주로 친구와 이 남자가 대화를 주도했다. 남자는 우리에게 언제부터 친구였냐고 묻더니 젊었을 때 여행을 많이 다니라거나 부산에 오면 어디를 꼭 가야 한다거나 이런저런 이야기를 들려주었다. 남자는 우리에게 이야기할 때마다 핸들에서 한 손을 떼고 뒷좌석에 앉은 우리를 힐끔 돌아보며 말했다. 눈을 마주치고 대화하고 싶어 하는 것처럼 보였다. 어쩌면 우리의 반응이 궁금한 것일 수도 있겠다 싶었다. 부디 앞을 보면서 핸들을 두 손으로 꼭 잡은 채 이야기하기를 간절히 바랄 때쯤 차가 지하주차장으로 들어갔다. 주위를 둘러보니 빨간 글씨로 '코스트코'라 적혀 있었다.

주차장에는 카트가 꽉 차도록 잔뜩 짐을 실은 채 돌아다니는 사람이 많았다. 어떤 사람은 카트에 생수만 가득 실었고 또 어떤 사람은 연어부터 휴지까지 다양하게도 카트에 실었다. 꼭 전쟁이라도 대비하는 사람들 같았다. 핵전쟁을 대비한 지하 벙커에 식료품이 잔뜩 쌓인 풍경이 눈앞에 아른거렸다. 남자는 촌놈처럼 두리번거리는 우리를 데리고 매장 안으로 들어갔다. 매장은 내가 생각한 것보다 컸다. 물건들이 비닐로 그 속살을 싸맨 채 바벨탑처럼 높이 쌓여 있었다. 그것들은 하나같이 크고 많았다. 특히 고기는 일주일 동안 먹을 수 있을 정도로 그 양이 많았는데 그만큼 가격도 만만치 않았다. 남자는 처음에 우리에게 무엇을 먹고 싶은지 묻다가 우리가 우물쭈물 꿈지럭거리자 거침없이 카트에 먹을 것을 담기 시작했다. 물건이 쌓여갈수록 나는 이 많은 물품을 남자가 사주는 것인지, 아니면 우리가 돈을 모아 사야 하는지 모르겠어서 불안해졌다. 가격은 신경 쓰지 않는다는 듯이 물건을 고르는 남자의 손길은 거침이 없었기 때문이다. 지금 카트에 쌓인 물건만 눈대중으로 계산해봐도 내가 생각한 여행 경비에서 아득히 벗어난 상태였다. 남자는 그런 내 마음을 아는지 모르는지 이제 그만 숙소로 가자고 말했다. 남자는 계산대 앞에서 능숙하게 물건을 레일 위로 올리고는 당연하다는 듯이 자신의 카드로 계산했다.

숙소는 흰색으로 페인트칠이 된 펜션이었다. 좁지만 마당도 있었고 마당 한편에는 고기를 구워 먹을 수 있는 화로와 나무로 된 테이블과 의자가 있었다. 옅은 흙냄새를 품은 새하얀 문을 지나고 숙소로 들어왔다. 그간 여인숙이나 게스트하우스처럼 좁지만 정감 가는 숙소에서만 지내다가 그럴듯한 펜션에 오니 입이 다물어지지 않았다. 들어오자마자 꽃향기가 났고 거실은 큼지막해 친구들과 놀기에 부족함이 없었고 침구는 새하얗고 또 무척이나 부드러웠다. 펜션을 둘러보면서 이 집이 우리 집이면 좋겠다고 생각했지만 절대 그럴 일이 없다는 걸 알고 있어서 자꾸만 헛웃음이 났다. 남자는 우리에게 짐을 다 놓았으면 이제 그만 가자고 말했다. 다른 친구 하나가 어디로 가냐고 물었더니 A의 아버지 회사로 간다고 했다. A의 아버지가 우리를 보고 싶어 한다고.

A의 아버지가 다니는 회사를 알고는 있었지만 이렇게 눈앞에서 보는 것은 처음이었다. 또 한 회사가 건물 하나를 다 쓰고 있는 줄도 몰랐다. 내가 생각한 것보다 큰 회사라서 놀랐다. 우

리는 남자의 안내를 받으며 건물에서 가장 높은 층으로 갔다. 사무실에는 A의 아버지가 있었는데 우리를 보자마자 벌떡 일어나더니 자신의 아들과 포옹을 하면서 잘 왔다며 말했다. 우리에게는 손을 뻗었다. 한 명씩 악수하면서 통성명을 했다. 그러면 네가 누구구나, 이야기 많이 들었다면서 어깨를 토닥였다. 우악스럽지 않고 부드러운 손길이었다. 그러고는 우리에게 회사를 소개해주겠다며 앞장서 걷기 시작했다. A의 아버지가 어딜 가든, 자리에 앉은 직원들은 벌떡 일어나 그에게 고개를 숙여 인사했다. A의 아버지가 A를 보며 내 아들이라고 말하자 직원들은 말을 보탰다. 훤칠하니 아버지를 닮았다거나 인상이 좋다거나 뭐 그런 이야기였다. 그 후에 멀뚱히 서 있는 우리를 소개했다. 정식 명칭은 '아들 친구들'이었다. 우리는 어색한 웃음을 지으며 고개를 까닥거렸다. 그런 우리에게도 직원이 말을 얹었다. 친구들이 하나같이 잘생겼다느니 부산에 잘 왔다면서 친구 덕을 톡톡히 본다고 말이다. 직원들의 얼굴에는 하나같이 웃음꽃이 피었는데 나는 그 모습이 퍽 재미있었다. 마치 사회를 풍자하는 촌극의 배우가 된 느낌이 들었기 때문이다. 분명 지하철에서 마주쳤으면 웃기는커녕 인상을 찌푸리며 부딪치는 순간 뭐야, 하는 싸늘한 반응이 돌아왔을 것 같은데 A의 친구라는 이유 하나로 이들에게 환대를 받는 것이 여간 어색한 것이 아니었다. 나에게 주어진 대사는 고작해야 "예, 감사합니다." 정도여서 맥이 빠지기도 했다. 적어도 이 순간에 내 가치는 나 자신에게서 나오는 것이 아니라 A에게서 나오는 것이기 때문이다.

　회사를 다 둘러보고 날이 어둑해질 때쯤 A의 아버지가 우리에게 배고프지 않냐고 물었다. 왠지 모를 피곤함에 찌든 우리는 아니라고, 괜찮다고 말했지만 A의 아버지는 웃으며 "괜찮기는." 하면서 "회 괜찮지?" 하고 우리에게 물었다. 나는 회가 너무 먹고 싶었지만 괜히 먹고 싶다고 나서는 것도 추잡해 보일까 봐 고개를 끄덕이는 정도로 긍정했다. A의 아버지는 주차장으로 우리를 데려갔다. 주차장에는 딱 봐도 고급스러운 검은색 차가 하나 있었다. 차에 관심이 없는 나는 잘 몰랐지만 곧 뒷좌석에 탄 친구들이 속닥거리는 소리를 듣고 이 차가 고급 세단이라는 걸 알았다. 어쩐지 덜컹거리는 것 없이 부드럽게 차가 나간다는 생각이 뒤늦게 들었다. 항상 타던 택시와는 다른 승차감이었다. 얼마 지나지 않아 차는 주차장에 들어섰고, 나는 차에서 내리자마자 콧속으로 깊이 스며든 바다 냄새를 맡았다. 수족관 냄새 같기도 했고 수산시장 냄새 같기도 했다. 다른 것이 있다면 길게 뻗은 바다의 모습이었다. 주차장 옆으로는 나무로 된 오래된 건물이 하나 있었다. 주차장으로부터 시작된 돌길을 따라 조명에 비친 미닫이문을 열자 횟집 내부가 보였다. 안은 꽤 넓었는데 입식으로 된 자리와 방으로 분리된 자리가 따로 있었다. A의 아버지는 자연스레 방으로 들어갔고 우리는 그 걸음을 따라갔다. 자리에 앉으니 벽에 흔한 메뉴 하나 붙어 있지 않았다. 주인장은 우리에게 인사하고 웃으며 다가왔지만 메뉴판을 줄 생각도 없어 보였다. A의 아버지는 익숙한 듯 주인장에게 농담을 건넸고, 주인장은 너스레를 떨며 평소 드시는 대로 드리겠다고 말했다. 친구 아버지는 오늘은 아들과 아들 친구들이 왔으니 더 푸짐하게 달라고 했다. 주인장은 크게 웃더니 어쩐지 잘생겼다느니, 아들이 누구냐느니, 정말 똑 닮았다느니, 친구들도 다 훤칠하다느니, 직원들과 똑같은 소리를 했다. 이제 어느 정도 면역이 돼서 그러려니 싶었다.

곧 나물부터 게장까지 온갖 반찬들이 식탁을 덮기 시작했다. 직원은 가운데 자리를 비워놨는데 오늘의 주인공 자리인 듯싶었다. 파도를 표현한 것 같은 하얀 물결이 인상적인 자기 그릇에 두툼한 회가 광어부터 병어까지 수북이 쌓여 나왔다. 주인장이 회의 이름을 말해주었고 몇몇 회는 지금 제철이라 맛이 좋을 것이라 자신했다. 그 말대로였다. 와사비가 풀린 간장에 두툼한 회를 찍어 입에 넣자 쫀득한 식감이 씹는 재미가 있었다. 그리고 한발 늦게 올라오는 생선의 향은 이래서 제철 생선을 먹는구나 싶었다. 그런 우리에게 A의 아버지는 먹고 싶은 만큼 먹으라 말했고, 와중에 술을 한 잔씩 따라주며, 우리에게 아들이 어떻게 사는지 물어보고, 술 한 잔 못 마시는 아들에게 헤드록을 걸며, 이놈 이래서 어쩌겠냐며 한탄하다가, 다시 걱정하지 말라며, 내가 뼈 빠지게 돈을 번 이유가 우리 가족 아쉬운 소리 안 하고 살라고 그런 거니까, 내가 너 하나 책임 못 지겠냐며, 술잔을 단숨에 비웠다. 우리는 벌겋게 달아오른 얼굴로 멍하니 그 모습을 보는데, 친구 아버지가 회를 더 시키라고 말했고, 가격을 짐작한 우리는 손사래를 쳤지만, 친구 아버지는 됐다며 기어코 회를 더 시켰다. 우리는 그날 태어나서 처음으로 사람이 회만 먹어서도 배부를 수 있다는 걸 알게 됐다.

나와 친구들은 부산을 여행하는 동안 종종 A의 아버지에 대해 말했다. 정말 감사하다, 대단하시다, A에게는 좋은 아버지시다, 여하튼 수많은 이야기를 하는 동안 나는 별말을 하지 않았다. 엉겹결에 주어진 아버지란 존재가 이리 다를 수 있다는 것이 억울할 따름이었다. 아버지와 친구처럼 지낼 수 있다는 사실이 부럽기도 했고, 내가 친구의 아버지를 동경하는 이 마음이 재력과 권력에서 온 것은 아닐지 의심하기도 했고, 그것도 능력인데 거기서 왔으면 또 어떤가 하고 한탄했으며, 무엇보다 훗날 나는 어떤 아버지가 될 수 있을지 괜스레 막막해졌다. 흔히 자식이 부정적인 부모의 모습을 아무리 닮지 않으려 해도 나이가 들면 자연스레 부모의 부정적인 행동을 똑같이 한다고들 말한다. 그러면 나는? 나는 아버지의 모습을 닮게 될까? 그 끔찍하고, 역겨운 아버지의 모습을?

그전에 좋은 아버지는 어떤 아버지일까? 이 질문의 답은 본인이 할 수 있는 것일까, 아니면 자식이 할 수 있는 것일까. 내가 좋은 아버지는 무엇이라 정의한다고 한들, 그것을 자식이 원치 않으면 말짱 도루묵 아닌가? 그렇다고 어떤 기준도 없이 자식이 원하는 아버지가 좋은 아버지라면, 첫째는 그것을 할 수 있을지도 의문이고, 둘째로 말도 못 하는 아이의 의견을 구할 수도 없는 노릇이니, 갓난아기에겐 어떤 아버지여야 좋은 아버지라 할 수 있을지 의문이다. 게다가 아버지는 자식이 원하는 아버지의 상을 분명하게 알기도 어려울 것이다. 불가능에 가깝다고 말할 수 있다. 그것은 말로 표현하기 어려운 느낌에 가까운 데다 아마 매 순간 변화할 것이기 때문이다.

분명한 것은 내가 그의 재력과 능력에 반했는지, 친구처럼 A를 대하는 친근한 모습에 반했는지는 모르겠지만, 그가 좋은 아버지의 기준이 될 만하다고 느꼈다는 점이다. 그렇지만 그가 회사에서 좋은 임원이라거나 가정에서 좋은 남편인지는 모르겠다. 당연하다. 내가 그를 본 것은 손에 꼽으니까. 그가 회사에서 직원들을 대하는 태도가 권위적이었기 때문에 약간의 반감을 가지게 되었지만 모를 일이다. 그 권위적인 모습이 지금까지 그가 성과를 낼 수 있는 원동력이 될 수 있었을지도. 회사에서 그는 유능한 사원이었을 수도 있고, 또 그렇지 않았을 수도 있다. 어떤 직원은 그에게 이를 갈며 복수를 꿈꾸고 있을 수도 있다. 반대로 어떤 사람은 그를 은사로 생각해 자신의 인생이 막막할 때면 그를 찾아와 앞으로 나아갈 방향을 물을 수도 있다. 그러니까 나는 그에 대해서 아무것도 모른다. 이쯤 되면 그는 정말 좋은 아버지였던가 하고 의심이 고개를 쳐든다. 정확히 말하자면, 그래, 좋은 아버지란 것은 정말로 존재하는 것인가?

인간은 감정의 동물이기 때문에, 동시에 그 감정은 언제나 들끓기 때문에 우리는 '누구에게나' 좋은 사람일 수 없으며, '언제나' 좋은 사람일 수도 없다. 어제 나에게 좋았던 사람이 오늘은 최악의 사람일 수도 있고, 어떤 사람은 회사에선 나쁜 사람인데 가족에겐 좋은 사람일 수도 있고, 어떨 때는 식은 팥죽처럼 뜨뜻미지근한 태도로 지내서, 어떤 사람은 그것을 고맙게 생각하지만, 또 어떤 사람은 그 태도에 상처를 받을지도 모른다. 우리는 어떤 순간엔 덧붙일 말이 필요 없을 만큼 좋은 사람이지만, 또 다른 순간엔 떠올리기조차 끔찍한 존재일지도 모른다. 좋고 나쁜 것의 기준은 사람마다 다르고, 심지어 같은 사람이라도 매 순간 달라져서 우리는 늘 고정되지 못한 채 이리저리 흔들리게 된다.

어쩌면 우리는 좋거나 나쁘거나, 혹은 그 중간 어디쯤이거나, 왔다 갔다, 오락가락하는 나침반처럼 방향을 맞추는 존재가 아닐까. 그렇다면 좋거나 나쁘거나, 혹은 그 중간 어디쯤이 거나, 몸을 틀어버리면, 우리는 어디든 갈 수 있게 된다.

　다행인 것은 나에게 좋은 엄마가 있다는 사실이다. 엄마는 형과 나를 부모가 아닌 모가 되어 평생을 돌보았다. 집안일하랴, 돈 벌어 오랴, 쉴 틈 없이 일만 했던 엄마는 아무리 힘들어도 나와 형을 사랑하는 일을 게을리하지 않았다. 가끔 엄마에게 우리를 이렇게까지 사랑한 이유가 뭐냐고 물으면 "엄마니까."라고 망설임 없이 답한다. 이미 나에게 '좋은 엄마'인 엄마도 과거엔 '좋은 엄마'가 되기 위해 수없이 노력했을 거다. 때로는 흔들리고, 또 때로는 기뻐하고, 가끔은 끝없이 추락하면서도 엄마는 우리 형제의 손을 놓지 않았다. 수많은 가능성 중에서 그저 마음 가는 대로 사랑하기를 택한 것이리라. 그러니까 좋은 아버지가 무엇이냐는 질문에 나는 엄마를 떠올릴 수밖에 없다. 엄마의 발자취를 따라 조금씩 나아가다 보면 끝내 어딘가로 도달할 것이라 믿기 때문이다.

아버지에게 바치는

오래된 편지 2

8월 4일

"당신은 무엇을 보고 사나?"

내가 묻고 싶은 질문이다. 나와 형, 그리고 엄마는 서로를 핥듯이 보았다. 그래서 우리는 비슷한 냄새를 가졌다. 시간이 지나 형은 결혼했고, 엄마와 나, 둘이서만 마주 보며 살았다. 간혹 내가 오랫동안 집을 떠나 있으면 바라볼 곳이 없어 슬퍼하는 엄마를 본다. 그리고 9월에 내가 다시 집을 떠날 때를 엄마는 걱정하고 있다. 그런 엄마를 보고 있자니 당신이 떠올랐다. 엄마와 나는 서로를 보고 살 테지만, 당신은 도대체 무엇을 보고 사나?

당신이 또 다른 결혼을 했다가 헤어졌다는 이야기를 들었다. 혼자가 된 당신의 하루가 궁금하다. 당신의 하루는 행복한가? 아니면 죽지 못해 살고 있나? 나는 당신의 이야기를 알고 싶다. 하지만 당신의 이야기를 알게 되는 것만으로도 상처받는 사람이 있으므로 알려고 하지 않겠다. 다만 상상은 해본다. 당신이 어떤 모습일지, 어떤 눈빛을 가졌을지, 그리고 무엇보다 나와 닮았을지. 내가 당신을 보자마자 거울을 보는 것처럼 친숙함을 느낄지, 그 혈육의 정이라는 것에 이끌려 내가 당신을 용서할지, 나는 궁금하다.

아마 당신은 흰머리가 성깃성깃하고 주름살이 당신의 죗값만큼 가득할 것이다. 아마도 당신은 우리를 보는 대신 다른 어딘가를 보고 있을 것이다.

아무리 생각해도 여기까지다. 내가 상상할 수 있는 당신의 겉모습은 고작 여기까지. 당신의 모습 대신 가끔 당신의 장례식을 상상한다. 영정사진 속 당신의 표정을 보고 싶다. 조문객은 얼마나 왔는지도 확인하고 싶다. 그래서 당신 삶의 의미가 얼마나 같잖은 무게를 가지는지 알고 싶다. 물론 나는 당신의 장례식에 가지 않을 것이다. 당신의 장례식에서 당신 삶의 의미가 되고 싶은 생각 따위는 없다. 그러니까 조용히 죽어라.

나와 형, 그리고 엄마는
서로를 핥듯이 보았다

대절한 관광버스 안에는 싸구려 휘발유 냄새가 났다. 거기에 점심으로 준 김밥 냄새도 섞여서 속이 울렁거렸다. 시트는 눅눅했고 옆자리에 앉은 남자의 어깨가 자꾸만 내 왼쪽 어깨에 닿았다. 시끄럽게 머릿속을 울리는 음악 소리와 사람들의 환호 소리, 그리고 마이크를 잡은 형의 목소리가 들렸다. 형은 중앙에 서서 사람들에게 안내 사항을 전하고 있었다. 사람들은 신이 나서 잘생겼다거나 멋있다거나 그런 말을 외쳤다. 형은 그런 말을 다 받아주면서도 자신의 역할을 잊지 않고 수행했다. 나는 그런 형의 모습이 낯설었다. 집에서 팬티 차림으로 허벅지를 박박 긁는 형의 모습만 보다가, 사람들을 이끌고, 웃겨주고, 어디서나 환호를 받는 형의 모습을 보고 있자니 신기하기만 했다. 버스가 목적지에 도착할 때쯤 형은 다시 한번 자리에서 일어나 사람들에게 이런저런 말을 했다. 사람들은 형의 말에 귀를 기울였다. 사람들을 이리저리 다루는 형은 꼭 오케스트라 지휘자 같았다. 형의 손짓 한 번이면 버스 안에 있는 사람들은 환호를 지르며 기뻐했다. 나는 신이 나서 어쩔 줄 모르는 이 동아리 사람들 틈에 앉아 숨죽여 그들을 지켜보았다.

　나는 대학교가 아닌 전문학교에 다녀서 동아리를 경험해볼 일이 없었다. 다른 학교 친구들이 동아리에서 이리저리 즐겁게 노는 것을 보고 부러워할 뿐이었다. 그러다 형이 속해 있는 기독교 동아리에서 동서울 지역의 학교가 연합해 축제처럼 큰 모임을 한다는 소식을 들었다. 형에게 나도 참여하고 싶다고 말하니 형은 별다른 고민도 하지 않고 알겠다고 했다. 알고 보니 형이 그 기독교 동아리의 대표였다. 나는 역시 권력이 좋다고 생각하며 짐을 쌌다. 그 모임의 일정이 일주일이었기 때문이다. 옷도 챙기고 세면도구도 챙기고 모임에 필요한 준비물까지 챙기니 가방이 빵빵해졌다. 그 빵빵한 가방을 메고 처음으로 형의 동아리 사람들을 만났을 때 사람들은 나를 정말 반가워했다. 내가 형의 동생이었기 때문이다. 형은 내 생각보다 사람들에게 인기가 많았다. 가끔 집에서 엄마에게 자신을 좋아하는 사람이 많다고 이야기했지만 나는 그 말을 믿지 않았다. 허세일 뿐이라고 생각했는데 사람들은 정말 형을 좋아했다. 사람들은 얘가 ○○의 동생이래, 부터 시작해서 ○○이랑 닮았다, ○○이랑 안 닮았다, 분위기가 완전 다르다, 동생이랑 같이 오니 부럽다, 귀엽다, 멋있다, 잘 지내보자며 별의별 말을 했다. 나는 쑥스러워서 그런 사람들에게 적당히 인사했다. 사람들이 나를 정말로 따뜻하게 바라보고 있다는 게 느껴진 탓이다. 그리고 그 이유는 고작 형의 동생이기 때문이다. 나는 동아리에서 얼마나 형이 사랑받고 있는지 알 수 있었다.

새삼 형과 이렇게 다정하게 지낼 수 있다는 사실이 신기했다. 몇 년 전까지만 해도 우리는 서로 잡아먹을 것처럼 싸우던 형제였는데.

먼저 손을 내민 것은 형이었다. 형은 평소와 다르게 살갑게 나를 대하기 시작하더니 언젠가는 나에게 사과까지 했다. 지금까지 때려서 미안하다는 것이다. 나는 얼떨떨한 기분으로 그 사과를 받았다. 그리고 이게 무슨 일인가 싶어 형을 관찰하기 시작했다. 형은 나뿐만 아니라 엄마에게도 다정하게 대했다. 엄마가 짜증을 낼 때도 형은 웃으며 엄마의 마음을 위로했다. 엄마가 홀로 두 아들을 키우며 겪는 어려움을 형은 다 이해한다는 듯이 엄마에게 따스한 말을 건넸다. 나에게도 그랬다. 내가 무슨 일을 저질러도 화를 내기는커녕 내 걱정을 먼저 했다. 내게 고민이 있으면 함께 고민했고, 기쁜 일이 있으면 함께 기뻐했다. 형의 변화는 천천히 이루어졌지만, 그 변화가 우리 가족 전체의 삶을 바꾸었다. 그리고 시간이 더 지나고 형의 변화에 이 기독교 동아리가 큰 원동력이 됐다는 사실을 알았다.

버스에서 내린 후에 배정된 숙소로 걸어가는 길이었다. 한 남자가 말을 걸었다. 웃을 때마다 눈이 반달처럼 접히고, 만화 캐릭터처럼 쭈뼛한 머리카락을 가진 남자였다. 이 사람은 형과 절친한 사이인 듯싶었다. 나긋한 목소리를 가졌는데 별말을 하지 않아도 이 사람의 목소리를 들으면 기분이 편안해졌다. 나는 이 사람에게 형이 평소에 어떤 사람인지 묻기도 하고, 이 사람이 묻는 말에 적당히 대답하기도 했다. 다행히 같은 숙소여서 어색하지 않게 지낼 수 있었다. 이 사람은 나에게 이런저런 사람을 소개해줬는데 형의 또래 사람이기도 했고, 내 또래의 사람도 소개해주었다. 그리고 문득 깨달았다. 대체로 이 사람들이 비슷한 느낌을 가졌다는 것을 말이다. 그것은 형이 변화하고 나서의 모습이기도 했다. 대부분의 사람이 입가에 미소를 지니고 있었고, 다정다감한 목소리로 서로를 불렀다. 이야기를 나눌 때 날카로운 말보다는 둥근 말들을 선호했으며 결정적으로 지그시 상대의 눈을 바라보았다. 나는 그 모든 비언어적 행동 속에서 엄마 품에 안긴 것처럼 따뜻한 느낌이 들었다. 온종일 엄마 품에 안겨서 종알대고 있을 때처럼, 고민하지 않아도 내가 그냥 나로서 받아들여지는 그런 순간 말이다.

형을 보기는 쉽지 않았다. 형은 버스 안보다 훨씬 더 바삐 움직였다. 가끔 지나가다 나를 만나면 반갑게 인사해줬지만 그게 다였다. 금세 다른 사람이 다가와 형을 데려가버렸기 때문이다. 심지어 모두에게 꽤 넉넉한 자유 시간이 주어졌을 때도 형은 물건을 들고 이리저리 움직였다. 나는 자유 시간에 딱히 할 일도 없어서 가져온 책을 읽기로 했다. 설교를 듣는 넓고 높은 강당, 책상 의자에 앉았다. 이어폰을 귀에 꽂고 울려 퍼지는 음악 소리를 배경 삼아 책을 읽기 시작했다. 한 50페이지쯤 읽었나 싶을 때 고개를 들어보니 형이 내 앞에 앉아 있었다. 나와 눈이 마주치자 형이 웃었다. 그러고는 이곳이 어떠냐고, 재밌지 않냐고 물었다. 나는 형을 따라 웃으면서 재밌다고 답했다. 생각보다 이곳에서 느낀 것이 많다고 덧붙였다. 그간 낯선 사람에게 말하기 힘들었던 내밀한 이야기가 형 앞에서는 쑥쑥 나왔다. 불과 몇 년 전까지만 해도 형이 무서워서 집에 들어가지도 못했기 때문에 이런 말을 하는 나 자신이 한편으로는 신기하기도 했다. 내가 형에게 이런 이야기를 할 수 있는 이유는 무엇일까? 내가 어떤 이야기를 해도 형이 고개를 끄덕여줄 것이라는 믿음 때문은 아니다. 아직 그런 믿음이 생기기엔 서로를 미워했던 기간이 길었다. 물론 나를 바라보는 형의 시선이 따스해지면서, 그러니까 미간을 잔뜩 찌푸린 채 나를 보는 것이 아니라, 입을 옆으로 활짝 벌린 채로 나를 보기 시작했을 때부터는 내 마음의 문도 조금씩 열리기 시작했다. 이 정도는 말할 수 있지 않을까? 이 정도는 형도 이해해주지 않을까? 나는 이런 순간이 쌓여갈수록 형을 신뢰하는 마음이 커질 것이라는 생각이 들었다. 심지어 다른 가족들처럼 우리 형제가 서로를 사랑할 수 있지 않을까, 하는 기대도 있었다. 하지만 아직은 부족했다. 형과 나의 사이는 간이 약한 된장찌개처럼 맹맹한 맛이었다.

미소 띤 얼굴로 한참 동안 내 이야기를 듣던 형이 입을 열었다. 미안하다고 말했다. 나는 내가 하고 있었던 이야기와는 상관없는 이야기여서 이게 무슨 이야긴가 싶었다. 형은 그동안 자신이 못살게 굴어서 미안하다고 했다. 그 말을 하는 형의 얼굴은 잔뜩 찌푸려져 있었다. 무엇인가를 깊게 고민하는 사람 같기도 했고, 또 화가 난 사람처럼 보이기도 했다. 나는 그런 형을 보면서 괜찮다고, 이미 전에 다 사과하지 않았냐고 말했다. 형은 내 어깨를 토닥이면서 그래, 고맙다면서 말을 끌었다. 그리고 형이 다시 입을 열었다.

엄마는 오랜 세월 동안 자식만을 위해 살았다. 하루에 열 시간이 넘게 일을 하고, 집으로 돌아와서는 어린 두 아들을 위해 집안일을 했다. 집안일이 끝나면 거실에 이불을 펴고 누웠다. TV를 보다 잠이 들면 다시 아침, 출근. 엄마의 삶이 어땠을지 상상하는 건 어렵지 않다. 아마 지옥이었을 것이다. 배 아파 낳은 자식인 우리 형제를 위해 산다지만 하루하루는 고통의 연속이었을 것이다. 그것은 엄마의 표정과 목소리에서도 드러났다. 엄마는 늘 미간을 찌푸리고 있었다. 목소리는 날카로웠으며 엄마의 말은 대개 명령조였다. 놀지 말고 공부해라, 청소하고 빨래해라, 엄마 입장에선 지극히 당연한 것들. 엄마가 퇴근했을 때 엄마가 생각하는 당연한 것이 수행되지 않은 상태면 엄마는 비명에 가까운 소리를 질렀다. 그럴 때마다 엄마의 충혈된 눈에는 눈물이 맺혔다. 그 모두가 울분이었고 한이었다. 아마 엄마는 목구멍이 막힌 것처럼 답답할 정도로 모든 일에 스트레스를 받았을 것이다. 두 아들을 키워야 한다는 중압감, 책임감 없이 집을 떠난 아버지를 향한 분노, 아무리 일해도 생활이 나아지지 않는다는 답답함, 그 모든 것이 엄마를 짓눌렀을 것이다.

문제는 형이었다. 형은 첫째라는 이유로 엄마의 모든 감정을 받아내야 했다. 그중에는 과한 기대도 있었다. 형이 웬만큼 높은 성적을 받아와도 엄마는 더 높은 점수를 바랐다. 그래서 엄마는 형이 노는 꼴을 지켜보지 못했다. 엄마가 소리를 지를 때마다 형은 방으로 들어가 문제집을 풀었다. 형보다 여섯 살이 어린 나는 그럴 때마다 엄마에게 조심스레 다가가 애교를 부렸다. 그러면 엄마의 한숨은 멈추고 입가에는 미소가 번졌다. 나는 그런 엄마 품에서 한참을 누워 있다가 우리 집에 다시 평화가 찾아왔다며 기뻐했다. 형은 아무 말 없이 방 안에서 계속 문제집을 풀었다. 나는 그런 형에게 다가가 몇 마디 말을 걸어봤지만 형은 아무런 말도 하지 않았다.

이 모든 불행의 시작은 아버지의 외도였다. 그리고 그 순간을 형은 나보다 또렷이 기억하고 있었다. 엄마가 처음 아버지의 외도를 알았을 때 당연하게도 엄마와 아버지는 미친 듯이 싸웠다. 형과 나는 방 안에서 이불을 뒤집어쓰고 벌벌 떨면서 그 순간이 끝나기만을 기다렸다. 마침내 쾅 하고 현관문이 닫히는 소리와 함께 정적이 찾아왔다. 거실로 우리 형제가 나왔을 때 엄마는 앉은 채로 울고 있었다. 우리는 "엄마—" 하며 엄마에게 다가가 엄마를 꼭 안아주었다. 엄마도 우리를 꼭 안았다. 시간이 지날수록 엄마는 어느 정도 진정이 됐다. 그런데 시간이 지나도 아버지가 집에 들어오지 않았다. 오늘 밤에는 들어오겠지, 설마 내일은 들어오겠지, 싶었지만 내일까지 아버지는 집에 들어오지 않았다. 엄마는 이 사실에 분개했다. 그 누구라도 그랬을 것이다.

엄마는 자신의 화를 풀고 싶었는지, 아버지에게 경고하고 싶었는지, 어떤 이유인지는 모르겠지만 한 가지 결심을 하게 된다. 엄마는 우리 형제의 손을 잡고 아버지가 근무하는 회사로 갔다. 집에 들어오진 않아도 회사엔 출근했겠다 싶었던 것이다. 엄마의 예상이 맞았다. 아버지는 뚱한 표정으로 책상에 앉아 있었고 엄마는 아버지에게 성큼성큼 다가갔다. 우리는 영문도 모른 채 엄마의 손을 잡고 있었다. 엄마는 아버지에게 뭐라뭐라 소리를 지르더니 뒤돌아서 문밖으로 나가기 시작했다. 우리는 어떻게 해야 할지 몰라서 엄마와 아버지를 번갈아 쳐다만 봤다. 형은 멀어지는 엄마의 모습에 불안해져서 내 손을 잡고 엄마를 따라가기 시작했다. 문이 열리고 모퉁이를 돌아가는 엄마의 뒷모습이 흐릿하게 보였다 사라졌다. 형은 내 손을 꼭 쥔 채로 그 짧은 다리로 달리기 시작했다. 엄마가 사라졌던 모퉁이에 도착하고 주위를 둘러봤지만 복도에는 아무도 없었다. 형은 망연자실해서 그곳에 주저앉았다. 어린 나도 형을 따라 아무도 없는 복도에 앉았다. 이내 곧 형이 울기 시작했고 나도 형을 따라 울었다. 이곳에는 우리를 달래줄 사람이 아무도 없었다.

이야기를 마친 형의 눈에도, 이야기를 듣고 있는 내 눈에도 눈물이 넘쳤다. 우리는 서로를 부여잡고 한참 동안이나 울었다. 우리의 가슴에 박힌 이 선명한 기억들이 우리가 가족이라고 말해주고 있었다. 나는 지금까지 내가 우리 집의 유일한 피해자라고만 생각했다. 형도 가해자고, 엄마도 가해자고, 이 지긋지긋한 집구석에서 영원히 고통받는 존재는 오직 나 혼자뿐이라고 믿었다. 하지만 그렇지 않았다. 우리 가족은 모두 그 나름의 방식으로 고통받고 있었다. 나는 우리가 서로에게 상처를 주기도 했지만 그 상처를 돌봐주기도 했던 그 순간들을 애써 외면하고 있었다. 오직 나만이 상처받았다는 느낌을 간직하기 위해서 말이다. 그렇게 하면 내 잘못보다는 형과 엄마의 잘못만 부각된다. 이 모든 불행에 내 지분은 없고 형과 엄마의 지분만 있다는 식이다.

이날 이후로 나는 모든 불행의 지분을 오롯이 한 명에게만 전가하기로 했다. 우리 집에서 가해자라고 말할 만한 사람은 단 한 명이다. 아버지, 그 저주스러운 이름, 절대 용서할 수 없는 인간, 너무나 고통스러운 상처를 우리 가족의 삶에 새긴 장본인. 그리고 내 몸속에는 여전히 그 역겨운 피가 흐른다. 나는 어떻게 해야 할까.

내 이야기가 누구에게
가닿을 수 있을까 싶을 때 1

고등학생 때, 올림픽공원에서 교내 백일장이 열렸다. 주제는 '꿈'이었던 걸로 기억한다. 꿈이란 단어가 목에 탁 걸렸다. 내 꿈은 뭘까, 꿈이 꼭 있어야 할까. 중학생 때, 피아니스트란 꿈을 꾸다가, 급격히 기울어진 가세 때문에 꿈을 포기한 친구가 떠올랐다. 그래서 썼다. 결론은커녕 무엇을 쓸지 생각하지도 않고, 내가 알고 있는 친구의 삶을 썼다. 잘 모르는 부분은 상상으로 채웠다. 한 달 후, 상을 받았다. 우수상이었다. 한 번도 따로 이야기한 적 없는 국어 선생님이 다가와서 나보고 재능이 있다고 했다. 조금만 고치면 더 좋은 글이 될 것이라 했다. 난생처음 받는 칭찬이었다.

이 기억 하나에 의지해서 수능을 다시 봐서라도 문예창작과에 진학하기로 했다. 당시 나의 다짐은 '세상을 더 아름답게 만드는 글을 쓰자'였다. 막상 대학에 와서 글을 쓰려니 무엇을 써야 하나 싶었다. 세상을 더 아름답게 만드는 글이란 게 대체 뭔데? 그러던 중 창작 수업 때 교수님이 소설을 쓰라고 했다. 플롯과 캐릭터에 대해 말해주면서 무엇이든 쓰라고 하길래 꾸역꾸역 자라 이야기를 썼다. 물론 웃가게 자라가 아니라 파충류 자라 이야기다. 정확히 자라가 어떻게 생겼는지, 습성이 무엇인지는 몰랐다. 내가 아는 것은 자라는 위험한 상황이 닥치면 등껍질 속으로 숨는다는 것이었다. 나는 자라가 등껍질 속으로 숨는 행위를 스스로 수치스럽게 여기면 어떨까 싶었다. 내 이야기 속 자라는 위험이 닥치면 본능적으로 등껍질에 숨지만 그 안에서 후회하고 또 후회한다. 나는 왜 저 위험을 용감하게 이겨내지 못하고 또 숨게 되었나, 이다지도 추악한 자라가 살아서 무엇을 할 것인가, 자라는 자기혐오 속에 잠이 든다. 그리고 꿈속에서 자라는 무엇인가 물고 있다. 자라는 그것이 무엇인지도 모른 채 놓지를 않는다. 누군가 자신의 몸을 뜯어내는 것처럼 온몸에 격통을 느꼈지만 자라는 계속 그것을 물었다. 살점이 뜯겨 목표를 놓칠 것 같으면 잠시 턱에 힘을 풀고 놓았다가 바로 다시 물었다. 자라는 눈물을 흘리며 이것이 용기라는 걸 알았다. 그간 왜 자신이 이렇게 하지 못했는지 한탄하며 자라는 꿈에서 깨어난다. 꿈에서 깨어난 자라는 자신의 몸이 뜻대로 움직이지 않는다는 걸 깨닫는다. 평생 느껴보지 못한 고통이 자신의 몸에 가득하고, 자신의 속살은 누군가 강제로 뜯어낸 것처럼 엉망인 것을 보고 절망에 빠진다.

이 이야기는 자라를 주인공으로 한 이야기였지만 동시에 내 이야기이기도 했다. 나름대로 내 삶을 우화적으로 담았다고 생각하며 잘 썼다는 생각에 기분이 좋았다. 드디어 수업 시간에 내 작품을 발표하는 시간이 왔다. 같이 수업을 듣는 학생들은 내 소설을 먼저 읽고 와서 내 작품을 평가하기로 했다. 두근거리는 마음으로 학생들이 어떤 평가를 할지 기다리고 있었다. 첫 번째 학생이 악평했다. 괜찮다고 누구나 취향이 있는 것이라며 나를 다독였다. 그렇지만 두 번째 학생도 세 번째 학생도 혹평 내지는 악평을 쏟아냈다. 속이 쓰렸지만 아마 교수님이라면 내 이야기에 담긴 진가를 읽어내리라 기대했다. 물론 교수님도 내 소설을 보고 악평을 서슴지 않았다. 쓰라린 기억이다. 수업이 끝나고 나는 자라 이야기가 담긴 한글 파일을 삭제했다. 백업도 하지 않은 채였다. 그 이야기는 영원히 사라졌다. 그 후로는 괜히 위축돼서 글쓰기가 어려워졌다. 과제로 글을 쓰면 쓸수록 나는 재능이 없다고 느꼈고, 나중에는 아예 글쓰기를 포기해버렸다. 글쓰기는 내 길이 아닌 것 같았다.

대신 노는 것이라면 자신이 있었다. 동아리 친구들과 잘 지냈는데, 틈만 나면 동아리방에서 김치탕수육을 시켜 먹거나 노래방에 가 소찬휘의 〈tears〉를 불렀다. 피시방에 가서 롤을 하면서 서로의 안부를 묻기도 하고 볼링을 치면서 온갖 내기를 했다. 그게 질릴 때쯤이면 포켓볼을 쳤다. 무엇을 하든 정신없이 놀고 나면 어둑한 하늘이 우리를 반겼다. 같이 놀던 친구들 대부분이 학교 근처에 살았는데 한 친구는 학교에서 꽤 먼 거리에 살았다. 게다가 그 친구의 집에 가는 길이 어두워서 우리는 함께 그 친구를 데려다줬다. 어느 날, 다른 친구들이 이유를 대면서 그 친구를 데려다줄 수 없다고 했다. 시간이 나는 것은 나밖에 없었다. 별수 없이 혼자 그 친구를 데려다주기로 했다. 그 친구의 집으로 가는 길에 우리는 꽤 죽이 잘 맞았다. 그래서일까. 평소라면 하지 않았을 속 깊은 이야기까지 나와버렸다. 그 친구가 살던 빌라 앞 놀이터 그네에 앉아 우리는 한참을 이야기했다. 새벽 2시가 가까워졌을 때, 우리는 가까스로 집에 갈 수 있었다. 홀로 집에 가는 길, 두근거림은 쉽사리 가라앉지 않았다.

그날 이후로, 별 핑계를 대면서 그 친구를 집에 데려다주겠다고 말했다. 다른 친구들이 벙글거리며 날 보았지만, 나는 모른 체하며 하늘을 보았다. 별이 밝았다. 그 친구와는 통하는 것이 많았다. 우리는 똑같이 아버지가 없었다. 각자 다른 이유로 아버지를 잃었지만 그 아버지의 빈자리가 주는 헛헛함은 똑같았다. 누구도 말해주지 않아서 어렴풋이 알고 있는 그 아픔을 우리는 누구보다 절절하게 이해하고 있었다. 가족에게 화가 나서, 혹은 가족이 걱정할까 봐 하지 못했던 이야기를 그 친구에게는 할 수 있었고, 이야기를 들은 친구는 아무 말 없이 고개를 끄덕여줬다. 그 친구가 아무에게도 하지 못한 말이라며 어렵사리 꺼낸 말들을 들을 때면 나는 어느새 울고 있었다. 우리는 서로 통하였고, 나는 이런 것이 대화이구나 싶었다.

이 친구가 아닌 다른 친구들과 이야기하면 말문이 막히는 순간이 많았다. 친구들과 내 생각이 다른 경우가 많았기 때문이다. 친구들은 나에게 지나치게 예민하다고 말했다. 혹은 생각하는 게 이상하다거나 나를 도무지 이해하지 못하겠다고 말했다. 친구들에게 버려질 게 두려워 정상의 범주에 속하도록 무던히도 노력했지만, 어딘가 어색했는지, 나는 언제나 친구들 주변만 맴돌 수밖에 없었다. 그런 나를 처음으로 있는 그대로 품어준 이가 그 친구, 나의 애인이었다. 나는 언제나처럼 내 이야기를 할 뿐이었는데 다른 친구들과 달리 애인은 그 이야기를 이상하다거나 어딘가 비틀려 있다거나 정상이 아니라고 말하는 법이 없었다. 그저 내 이야기를 듣고 공감하면서 나도 그렇다며 맞장구를 쳤다. 공감할 수 없는 내용이라도 왜냐고 나에게 물을 뿐이었다. 애인은 나를 이해하고 싶어 하는 것 같았다. 그러고는 자신의 이야기를 나에게 들려주었다. 그러면 애인이 그랬던 것처럼 나도 그 이야기에 귀를 기울였다. 이해가 가지 않는 것이 있다면 왜 그렇게 생각했냐고 물었다. 나도 애인을 이해하고 싶었기 때문이다.

애인을 만나기 전까지는 내 이야기를 글로 써도 사람들이 공감하지 못하리라 생각했다. 자라 이야기가 아무래도 큰 영향을 끼쳤다. 그런데 애인을 만나고 난 후에는 이 세상 어딘가에 있을 누군가가, 분명 내 이야기에 공감하리란 확신이 생겼다. 처음으로 애인에게 내 마음을 고백할 때, 이 이야기도 함께 말했다. 너로 인해 내 이야기를 쓸 용기가 생겼다고, 이 세상 누군가는 우리처럼 아파하고 있을 테니까, 그들에게 힘을 주고 싶다고, 정말 세상을 더 아름답게 만들 수 있는 이야기를 쓰고 싶다고. 당장 우리부터 상대의 이야기를 귀 기울여 듣고 또 자신의 이야기를 하면서 얼마나 많은 상처를 보듬었던가. 아무것도 아니라고 생각했던 우리의 말이 서로에게 가닿은 순간이었다.

내 이야기가 누구에게
가닿을 수 있을까 싶을 때 2

교보문고 핫트랙스에서 손바닥만 한 스프링 노트를 샀다. 애인과의 추억을 기록하고 싶었기 때문이다. 첫 페이지에 애인과 처음 만난 날을 적었다. 이후로 일기를 쓰는 것처럼 내 기억과 마음을 쭉 써 내려갔다. 함께 갔던 카페와 기억이 난다면 그 대화 주제까지 적었다. 애인이 먹었던 음료를 적고 특이사항이 있다면 적었다. 기억력이 좋지 않은 나로서는 온갖 것을 기록해서 사소한 것까지 챙겨주고 싶은 마음이었다. 그게 애인을 더 사랑하는 길이라고 믿었다. 카페에 가면 우유를 두유로 바꾼다든가, 카페인을 먹으면 가슴이 뛰니 웬만하면 차를 추천한다든가, 뭐 그런 것들 말이다. 그리고 그날 애인의 눈 색깔은 어땠는지, 그날 애인이 어떤 말을 했는지 생각나는 대로 적기도 했다. 처음 느끼는 이 감정을 미라를 만드는 것처럼 박제해서라도 간직하고 싶은 마음이었다. 학교 벤치에서 처음 손을 잡았을 때 터질 것 같던 심장박동도 적었다. 애인이 스쳐 지나가듯 반지가 예쁘다고 했던 말을 적어 두면서 돈을 모아서 꼭 사겠다는 메모도 덧붙였다. 애인이 바나나우유를 좋아하고, 딸기우유를 안 좋아한다는 것도 적었다. 애인이 술을 마시고 데려다주는 길에 우유를 사다주면 좋아할 것이다. 언젠가 애인과 처음으로 다퉜을 때 이야기도 썼다. 정확히 말하면 그 불안감을 적었다. "버려질지도 몰라. 그러니까 잘해야 해."

애인은 나와 다툴 때면 내가 애인을 사랑하는지, 본인은 나를 정말로 사랑하는지, 잘 모르겠다고 입버릇처럼 말했다. 세상에 어떤 사람이 자기 사랑을 객관적으로 증명할 수 있을까. 나도 마찬가지였다. 물론 애인이 원한 것도 그런 증명은 아니었겠지만, 잘 모르겠다는 애인의 말을 들으면 괜히 버림받을지도 모른다는 생각에 조급함이 들어 덜컥 사랑한다고 말하기 일쑤였다. 그러면 애인의 입에서 쏟아져 나오는 불안이 들어갈까 싶었다. 정말로 애인의 불안은 그 안으로 들어간 것처럼 보였다. 하지만 확신이 들어 불안이 사라진 것인지, 자신 안의 잠정적인 결론 때문에 불안이 사라진 것인지는 알 길이 없었다.

다툼이 잦아질수록, 그러니까 애인이 그 불안을 억지로 삼키는 일이 많아질수록 애인의 웃음이 줄어만 갔다. 그러면 나도 눈치를 보느라 별말을 하지 않게 됐고, 우리는 카페에 앉아 커피를 홀짝이며 아무 말 없이 애꿎은 테이블만 내려다보는 일이 많아졌다. 그 침묵을 깨고 애인은 이제 그만하자고 말했다. 바보처럼 뭐를 그만하자는 것이냐고 묻고 싶지는 않았다. 그저 다시 생각해보라고 했다. 애인은 고개를 저었다. 다시 매달렸다. 애인은 고개를 숙였다. 내심 이런 일이 금방 찾아올 것이란 걸 알고 있었다. 요즘 나의 수첩에는 애인이 애써 웃는 표정이나 바쁘다며 잘 만나지 않는 일이 많아진다는 기록이 있으니까. 사소한 것까지 챙겨주고 싶어 이 기록을 썼으니 어쩌면 아무 말 없이 헤어져주는 것이 마지막 배려일지도 몰랐다. 나는 가방에서 스프링 노트를 꺼내 애인의 손에 쥐여주었다. 무슨 의미가 있는 건 아니었다. 적어도 내가 애인을 사랑한단 그 사실을 전하고 싶었다.

밤늦게 애인에게서 전화가 왔다. 울먹이는 목소리를 듣고 바로 택시를 탔다. 애인은 집 앞 놀이터 그네에 앉아 있었다. 천천히 다가가 애인 옆에 있는 그네에 앉았다. 우리는 한참을 아무 말도 하지 않았다. 차오르는 목소리는 있었으나 그 어떤 말도 애인을 움직일 수 없을 것이란 걸 알았다. 애인이 느끼고 있는 불안감을, 나도 절실히 느끼고 있었기 때문이다. 긴 침묵을 깨고 애인이 미안하다고 말했다. 나는 괜찮다고 말했다. 아무 걱정하지 말고 다시 시작해보자고 말했다. 애인이 아주 조금 고개를 끄덕였다.

그 후론 뻔한 이야기다. 우리는 행복하게 지냈다. 애인의 불안한 마음은 여전했던 탓에 나는 애인에게 단단한 사람이어야 했다. 내 마음이 미친 듯이 흔들리고, 때론 무너질 때도, 나는 확실한 어조로 애인에게 사랑한다고 말했다. 그리고 무엇보다 행동으로 사랑을 보여주려고 노력했다. 그것은 애인을 위함도 있었지만, 나도 애인에게서 버려지고 싶지 않았기 때문이다. 애인이 우울해지면 불안감도 커져서 언제나 애인을 즐겁게 해주려고 무던히도 노력했다. 애인도 그런 나의 노력을 알고 있었다. 애인은 종종 우리가 좀더 시간이 흐른 뒤에 만났으면 좋았겠다고 말했다. 우리의 불안정한 자아가 조금 안정된 상태에서 만났다면 지금보다 더 행복하게 살 수 있지 않았을까, 그런 기대였다. 애인도, 나도, 거짓말을 하는 일이 많아졌다. 어디 클럽에 갔으면서 집에 있다는 거짓말이 아니라, 불안한데 불안하지 않다는 거짓말이거나 사랑하는지 모르겠는데 사랑한다고 말하는 거짓말이었다. 우리는 서로가 너무 가여웠고, 누구도 상처받지 않길 바랐다.

어느 날, 애인은 워킹홀리데이 이야기를 하기 시작했다. 어디가 좋다더라, 꼭 가고 싶었다, 영어도 해야 하고, 이번에 휴학하고 제대로 갔다 오려고 한다, 오랫동안 이어지는 그 말들의 마침표가 어디로 흘러갈지 짐작했지만, 그 이야기를 직접 듣기 전까지 애써 귀를 닫았다. 곧 애인이 자신은 장거리 연애를 도저히 감당할 수 없을 것이라 말했다. 꾸역꾸역 알겠다고 말했다. 우리는 출국 날에 헤어져야 하는지, 지금 당장 헤어져야 하는지 알 수 없어서 아무도 헤어지자는 이야기를 하지 않았다. 결국 출국 날까지 우리는 서로에게 애인으로 남았다. 결핍 덕분에 시작해서 그 때문에 끝난 사랑이다.

20년이 흐르고 문득
아버지를 만나고 싶어졌다

"이 문 너머에 그 사람이 있다. 아버지가 있다. 여전히 입에 익지 않은 그 이름을 가진 사람이 있다."

대학교에 와서 가장 좋았던 점은 도서관이 가깝다는 것이었다. 살던 곳에서 도서관을 가려면 30분이 넘게 차를 타야 했다. 차 타는 걸 좋아하지 않아서 매번 걸어가거나 자전거를 탔다. 도서관에 특별히 용무가 있어서 가는 일은 잘 없었다. 그냥 책을 보고 싶을 때마다 갔다. 그래서 도서관에 가면 책장 사이를 걸어 다녔다. 스쳐 지나가는 책들을 훑어보면서 읽을거리를 찾았다. 언젠가는 〈거꾸로 읽는 세계사〉에 눈길이 갔고, 또 어떨 때는 〈니체의 자라투스트라는 이렇게 말했다〉에서 눈길이 멈췄다. 책장 사이로 보이는 사람들의 빛나는 눈과, 절단된 그들의 몸이 꼭 현대미술의 한 장면처럼 느껴졌다. 나는 미술관에 있고 그들은 작품이다. 혹시 무엇인가를 비판하는 것인가 싶다가 그냥 웃어넘기며 책을 찾았다. 도서관은 내게 우주처럼 커다란 공간이었다. 책은 그 자체로 세계고, 우리 인간들도 그 자체의 우주를 갖고 있기에. 살아 숨 쉬는 이야기가 겹겹이 쌓여서 올라간, 이 거대한 첨탑이 나는 좋았다.

그날도 언제나처럼 도서관을 배회하다가 영미 소설에 꽂혔다. 소설들의 책등 디자인이 마음에 들었다. 큼지막하고 강한 디자인이 말초신경을 자극하는 듯했다. 무엇인가 읽기 쉽겠다는 생각이 들었고, 끌리는 제목의 책 하나를 뽑았다. 베네딕트 웰스의 〈거의 천재적인〉이었다. 저자의 말이 담긴 서문을 읽고, 소설 속 이야기에 집중했다. 주인공은 미국의 전형적인 '백인 쓰레기(White trash)'였다. 열일곱 살인 주인공, 프랜시스 딘은 어느 날 어머니에게 편지 한 통을 받는다. 자신이 어떻게 태어났는지, 자신의 아버지는 누구인지 적힌 편지였다. 프랜시스 딘은 자신의 뿌리를 찾고 싶은 강렬한 욕망을 느낀다. 나는 아버지를 찾는다는 것 자체를 상상한 적이 없지만 많은 이야기에서 자신을 버린 아버지나 어머니를 찾아가는 자식의 이야기가 등장한다. 태어나자마자 자신을 버린 이유를 묻기 위해서 찾아가기도 하고, 단순히 내 부모라는 인간이 어떤지 궁금해서 찾아가기도 한다. 그 이유는 다양하겠지만 프랜시스 딘에게 아버지는 일종의 희망이었다. 비참하게 살아가는 자신의 삶을 뒤바꿀 희망, 그것은 물질적인 풍요이기도 하고, 프랜시스 딘이라는 초라한 인간을 긍정하는 수단이기도 했다. 교우 관계에서나 물질적으로나 정신적으로나 자신의 자존감을 지키고 높이는 방법을 찾지 못한 프랜시스 딘은 그 역할을 아버지에게 맡기기로 다짐한다. "아버지가 꽤 괜찮은 사람이라면 나도 괜찮은 사람일 거야." 프랜시스 딘은 자신의 불우한 환경과 이 지긋지긋한 가난에서 벗어날 한 줄기 희망을 찾은 것이다. 그것은 이 책을 읽고 있는 나 또한 그랬다.

부산에서 만난 A의 아버지와 A는 닮았다. 생긴 것도 다르고 성격도 다르지만 그 결이라고 할까, 묘하게 닮은 구석이 있었다. 나도 아버지가 보고 싶었다. 아버지를 찾아가 저주의 말을 퍼붓거나 경제적으로 도움을 요청하려는 건 아니었다. 그저 나의 뿌리를 찾고 싶었다. 나는 누구인가? 나라는 사람은 대체 어떻게 생겨먹은 인간인가? 덜 자란 자라일 뿐인가? 나는 아버지를 만나는 순간, 마법처럼 내가 누구인지 알 수 있으리란 믿음이 생겼다. 만약 그 뿌리가 존경할 만한 것이라면? 나라는 인간을 마침내 긍정할 수 있지 않을까? 내가 누구인지도 알 수 있을뿐더러, 나 자신이 사랑받을 만한 사람이란 걸 증명할 수 있을지도 몰랐다. 그러니까 더는 버려질까 벌벌 떨지 않아도 되는 것이다. 나는 버려질 만한 사람이 아니니까.

프랜시스 딘은 5천 달러라는 거금을 빌려 위조 신분증을 만들어서 아버지를 찾아 떠난다. 나는 그 정도까지 수고할 필요는 없었다. 생각보다 아버지를 찾는 일은 쉬웠다. 엄마는 아버지와 이혼해서 아버지와 남남이지만 나는 아니다. 관련 서류만 떼면 아버지의 주소를 알 수 있었다. 현재 아버지가 사는 곳은 성남이었다. 내가 잠실에 사니까 차로 25분이면 갈 수 있는 가까운 거리였다. 이 넓은 대한민국 땅에서 엎어지면 코 닿을 데 산다니 웃기기도 했지만 당황스럽기도 했다. 오늘 거리를 지나다니면서 마주친 중년 남성 중 하나가 내 아버지였을 수도 있겠구나 싶었기 때문이다. 어렸을 때, 나를 무릎에 앉히고 갖고 싶은 것이 무엇이냐고 물었던 그 남자를 어쩌면 지나가면서 마주쳤을지도 모른다는 생각, 내 인생이 영화였다면 아련한 음악과 함께 슬로우 모션으로 우리의 엇갈림을 찍었을 것이 분명했다.

혼자 아버지를 찾으러 가는 게 떨려서 애인에게 함께 가달라고 부탁했다. 애인은 잠깐 망설이더니 그러자고 했다. 우리 집 근처에서 아버지의 주소가 적힌 오피스텔에 도착하는 데 채 30분도 걸리지 않았다. 멍하니 오피스텔을 바라보고 있는데 애인이 마침 근처 상가에 서점이 있으니 그곳에서 책을 읽고 있겠다고 말했다. 나는 애인이 나에게 어서 아버지를 만나

113

러 가라고 등을 밀어주는 것처럼 느껴졌다. 애인의 배려가 고마웠다. 덕분에 아버지를 찾아갈 용기가 생겼다. 문제는 오피스텔 공동현관이었다. 비밀번호를 누르거나 호수를 누르고 벨을 눌러야 했는데 아버지와의 첫 만남을 인터폰으로 하고 싶지는 않았다. 결국 멀리 떨어진 곳에서 누군가가 오피스텔 쪽으로 걸어가기를 기다렸다. 누군가가 다가오자 전화하는 척을 하던 나는 자연스럽게 그를 따라갔다. 공동현관을 지나고는 계속 전화하는 척을 했다. 그가 엘리베이터를 타고 올라가고 나서, 곧 새로운 엘리베이터가 도착했다. 1803호. 엘리베이터에서 자연스레 18이 써진 숫자를 눌렀다. 가슴이 뛰기 시작했다. 평소라면 지루하게만 느껴질 엘리베이터 속 기다림이 오늘따라 길게 느껴졌다. 한 층씩 아버지가 사는 18층에 가까워질 때마다 처음으로 애인에게 고백할 때처럼 가슴은 터질 듯이 두근대고, 마음은 조여 들어갔다. 동시에 무엇인가가 잘못된 듯한 느낌이 들었다. 머릿속에는 댕댕— 하는 종소리가 울려 퍼지기 시작했다. 내가 보는 것들이 빙빙 돌기 시작해서 나는 엘리베이터 안에 있는 손잡이를 꽉 잡았다. 무엇인가를 꽉 쥐고 있으니 조금 나아지는 듯했다. 떵동 하는 소리와 함께 엘리베이터가 멈췄다. 엘리베이터 바깥은 고요했다. 나는 천천히 걸음을 옮기기 시작했다. 한 발, 그리고 또 한 발, 1803호를 향해 걸었다. 그때, 인기척이 들렸다. 곧 도어락이 열리는 소리가 들렸다. 나는 인기척이 들리자마자 비상계단 쪽으로 들어갔다. 안에서 문에 귀를 붙인 채 바깥 동향을 파악했다. 내가 타고 온 엘리베이터의 문이 열리는 소리가 들렸다. 그리고 그 상태로 엘리베이터가 내려갈 때까지 기다렸다. 후우우— 하고 숨을 내쉬었다. 뒤늦게 내가 왜 숨었는지 의아했지만 됐다, 하고 입 밖으로 일부러 소리를 내면서 신경 쓰지 않기로 했다. 엘리베이터가 1층에 도착하고도 남을 시간이 지나고 나는 비상계단 출입문을 열었다. 끼이익 하는 소리와 함께 적막한 복도가 나를 반겼다.

얼마 걷지 않았는데 1803호가 보였다. 나는 최대한 발소리를 내지 않으면서 1803호 앞으로 걸어갔다. 마침내 1803호 앞에 섰다. 내심 운명처럼 누군가 나오길 기대하면서도 아무도 나오지 않기를 바랐다. 문에는 전단 같은 것도 붙여져 있지 않고 깔끔했다. 모서리는 페인트가 벗겨져 있었고, 녹이 슨 것이 눈에 띄었다. 여전히 조용한 복도를 둘러보고 아무도 없는 것을 확인한 뒤에 살금살금 문틈에 귀를 붙였다. 미약하게 TV 소리가 흘러나오는 듯했다. 그때, 이 문 너머로 웃음소리가 들렸다. 남자 목소리였다. TV에서 누군가 웃는 것인지, 이 집 안에 있는 누군가가 웃은 것인지는 확실히 모르겠다. 그런데도 이 집 안에 누군가가 있다고 생각하니 다시 미친 듯이 심장이 뛰기 시작했다. 또 소리가 들렸다. 쿵쿵 울리는 소리였다.

누군가가 이 집 안에서 걸어 다니고 있었다. 문득 이 문 너머에 있는 사람이 아버지가 아닐 수도 있다는 생각이 들었다. 그가 새로운 사람을 만나 가정을 꾸렸을 수도 있고 어쩌면 내 나이 또래의 아이가 있을 수도 있었다. 그것도 아니면 볼품없는 아버지가 이 문을 열고 나올지도 모른다. 늙고 추레하고 아무 능력도 없는 잉여 인간, 그러니까 지금의 나와 별반 다를 바 없는 그런 인간이 이 문 너머에 있을지도 모른다.

프랜시스 딘은 우여곡절 끝에 아버지를 만난다. 하지만 그의 어머니가 편지에서 묘사했던 것과 다르게 아버지는 형편없는 중년의 남자였다. 세련되지도 않았고, 부자도 아니었다. 모든 것은 아버지의 거짓말이었다. 그의 아버지는 그 자신처럼 실패한 삶을 살고 있었다. 프랜시스 딘은 그 사실에 크게 상심한다. 사실 나 또한 그럴까 봐 겁이 났다. 아버지의 볼품없는 모습을 보고, 내 유전자의 열등함은 어쩔 수 없나 보다 하고 납득할까 봐 겁이 났다. 나는 어쩔 수 없는 인간이라고, 아버지도 그랬듯이 내 인생은 어쩔 수 없는 시궁창이라고, 그게 운명이라고, 그렇게 나를 정의할까 봐 두려웠다. 그리고 결정적으로 죄책감이 들었다. 내가 아버지를 만나러 왔다는 사실이 엄마에게 어떤 의미일지, 또 형에게는 어떤 의미일지 생각하지 못했다. 내가 여기서 아버지를 만나고, 여느 부자처럼 밥을 먹고 차를 마시면, 그것은 일종의 배신이다. 우리 가족에게 공공의적인 아버지를 만나 소통하는 것은 이중 스파이가 되는 것이나 마찬가지다. 아버지는 우리 가족이 어떻게 사는지 물을 것이고, 우리 가족은 아버지가 어떻게 사는지 물어볼 것이기 때문이다. 20년이 흐르고 문득 아버지 집 앞에 섰을 때, 나는 그 모든 것이 두려워 문을 두드리거나 초인종을 누르지 않았다. 그저 문 앞에서 무엇인가를 기다리고 또 기다리다가 아버지에게 작별을 고했다.

엘리베이터를 타고 1층으로 내려갔다. 올라갈 때의 비장함이 거짓말처럼 마음속에서 사라지고, 그 속을 허무함이 채웠다. 이곳엔 뭐 하러 왔을까. 아무것도 하지 못할 거면서 왜 아버지를 찾겠다고 그 난리를 피웠을까. 적어도 프랜시스 딘은 아버지를 만나기라도 했다. 나는 무엇을 했나? 아니다, 만나지 않는 것이 나았다. 그러면 내 정체성은? 아버지를 만나지 않고도 나 자신을 규정할 수 있을까? 그래, 아버지가 나를 버렸다. 아버지는 나를 버렸다. 쓸모없는 아버지가 나를 버렸다. 귀찮은 아버지는 나를 버렸다. 나는 버려져도 괜찮다. 버려질 만한 사람이 아니라 버려져도 괜찮은 사람이다. 아버지는 내게 아무런 의미도 가치도 없다.

로비에 와서 애인에게 전화를 걸었다. 애인은 서점에서 나와 오피스텔 앞으로 왔다. 동글동글한 애인의 얼굴을 보고 있자니 안도의 한숨이 나왔다. 이제 모든 것이 끝났다. 내 곁으로

온 애인을 있는 힘껏 끌어안았다. 그렇게 우리는 길거리에서 아무 말 없이 한참을 안고 서 있었다. 꼭 아버지에게 받지 못했던 사랑을 애인에게 받으려는 것처럼 말이다.

그렇게 다시 또 시간이 흐르고, 애인과도 이별하고, 아버지의 집을 찾아간 사실이 기억 속에서 흐릿해질 때쯤, 엄마에게 아버지 집을 찾아간 적이 있다고 말했다. 그전까지는 엄마에게 상처 주지 않으려는 마음에 비밀로 했지만, 어쩐 일인지 그 순간에는 엄마가 상처받지 않으리란 확신이 있었다. 엄마는 약간 놀란 것 같긴 했지만, 동시에 아무렇지 않은 것처럼 보이기도 했다. 엄마는 나를 질책하거나 탓하기보다는 나에게 한 번도 하지 않았던 이야기를 해줬다. 비밀 이야기엔 비밀 이야기로 답한 것이다. 엄마가 말하길, 엄마가 아버지와 헤어질 때 아버지가 했던 말이 있다고 했다. 어차피 자식은 나이 들면 제 부모를 찾아오기 마련이다. 그것이 우리 가족을 버리면서 아버지가 했던 말이다. 내가 만약 그때 문을 두드리거나 초인종을 눌렀으면 아버지의 의기양양한 얼굴을 보았겠다는 생각이 들었다. 아버지의 이 무정한 말을 듣고 엄마는 어떤 기분이 들었을까? 내가 아버지를 찾아갔다는 말을 들었을 때 엄마는 정말로 무슨 생각을 했을까? 그래도 결국엔 문을 두드리진 않았으니 해피 엔딩인 걸까?

형의
결혼식

당연한 말이지만 우리 집에는 부부가 없다. 엄마와 형, 그리고 내가 있을 뿐이다. 그래서 형이 결혼한다는 이야기를 들었을 때 충격적이었다. 우리 집에도 부부가 생기는구나. 나는 부부가 같이 있는 모습을 본 적도 몇 번 없었다. 내가 잘 아는 부부는 드라마나 영화에 등장하는 부부뿐이다. 실제로 부부가 어떻게 살아가는지, 부부 싸움이라는 것은 정말 칼로 물 베기인지, 결혼 생활은 행복한지, 행복하다면 그 결혼 생활은 대체 어떤 모습인지, 나는 알 길이 없었다. 정확히 말하면 내가 아는 것이 딱 하나 있다. 결혼 끝에 비극이 있다는 것, 그리고 남은 사람들의 삶은 쉽게 지옥이 될 수 있다는 것. 그래서 형과 함께 평생을 살아갈 반려자가 누군지 궁금하기도 했다. 형의 결혼 끝에는 파국이 없기를 진심으로 기도하면서.

결혼은 일사천리로 진행됐다. 예식 날짜가 잡혔고, 당일이 되자 엄마와 형은 아침 일찍 결혼식장으로 출발했다. 나는 어기적거리다 미리 빌려놓은 양복을 입고 집 밖으로 나왔다. 결혼식장에 가까워질수록 가슴이 주책맞게 두근대기 시작했다. 밤마다 퇴근한 형을 붙잡고 미주알고주알 이야기한 것이 떠올랐다. 앞으로 어떻게 먹고살아야 하는지부터 애인이 이런저런 이유로 화가 났는데 내가 어떻게 해야 하는지까지. 그럴 때면 형은 늘 웃으면서 뭘 그런 거로 고민하냐고 말했다. 그리고 어떻게 하면 좋을지 몇 가지 짚어서 이야기했다. 그 이야기를 듣고 있으면 어느새 내 고민도 사라졌다. 남은 것은 형 말대로 실천만 하면 되는 일이었다. 그래서인지 나는 밤마다 형과의 대화를 기다렸다. 그런 형이 이제 우리 집에는 오지 않고 다른 집에서 산다는 사실이 쉬이 받아들여지지 않았다. 많은 아버지가 딸의 결혼식에서 우는 이유가 이런 걸까? 꼭 형을 뺏기는 느낌도 들었다. 그렇지만 어쩌겠는가. 좋다고 나가는 사람을 붙잡을 수도 없는 것을.

미리 결혼식장 근처에 도착해 담배를 태웠다. 지하철 화장실로 가 손을 박박 닦았다. 편의점에서 산 가글로 입도 헹궜다. 밖에서 이리저리 돌아다니다 냄새가 다 빠진 것 같을 때쯤 식장으로 들어섰다. 형의 이름과 형수님의 이름이 적힌 전광판이 보였다. 식장은 4층이었다. 4층에 도착했을 때 형이나 엄마는 보이지 않았다. 멀리 외삼촌이 보였다. 내 쪽으로 걸어오고 있었다. 외삼촌이 오랜만이라며 악수를 하고 내 어깨를 두들겼다. 어떻게 지내냐, 잘 지낸다는 말을 주고받다가 대뜸 외삼촌이 담배는 태우냐고 물었다. 나는 담배를 태우는 것을 가족이 모르기 때문에 안 태운다고 답했다. 외삼촌은 잘했네, 하며 담배는 애초에 배우지 않는 게 최고라고 말했다. 옅은 죄책감과 함께 담배를 태우지 않는 친구에게 내가 똑같이 말했던 게 생각이 났다.

외삼촌은 담배를 태우러 내려갔고 나는 식장을 이리저리 둘러보다가 엄마를 발견했다. 엄마는 한복을 입은 채 머리를 곱게 땋아 올리고 평소 잘 하지 않던 화장까지 한 모습이었다. 주변에서 엄마 친구들이 맨날 이렇게 하고 다니라고 말했다. 엄마도 나를 발견하고는 내 쪽으로 손을 뻗었다. 자연스레 엄마 친구들도 나를 보았다. 엄마 친구들은 네가 누구구나, 혹시 어렸을 때 만났던 게 기억나냐고 물었다. 나는 웃으며 어렸을 때라 잘 모르겠다고 답했다. 엄마 친구들은 잘 컸다느니, 벌써 세월이 이렇게 흘렀다느니 말하면서 어렸을 때 매일같이 보았다고 말하거나 앞으로 친하게 지내자고 말했다. 나는 뭐라 답할지 몰라 네, 네, 하며 고개를 끄덕이고 웃을 뿐이었다. 엄마 친구들이 돌아가고 엄마는 할아버지에게 인사해야 한다며 내 손을 잡고 식장으로 끌고 갔다. 식장 안 테이블에는 외할아버지가 있었다. 명절에도 찾아가지 않아 몇 년 만에 보는 것이었다. 나는 할아버지에게 인사했다. 이후로도 엄마가 소개하는, 그러니까 난생처음 들어보는 친척들과 인사해야 했다. 자주 교류하는 곳은 외삼촌네와 이모네 정도라 다들 처음 보는 사람들이었다. 지하철에서 만난 사람과 비슷한 정도의 이 낯선 사람들이 내 친척이라는 게 신기하기만 했다.

더는 인사할 사람도 없어서 땅바닥만 바라보며 로비에 서 있는데 누가 나를 부르는 소리를 들었다. 친구들이었다. 친구들은 전부 번듯한 양복을 입고 영화 포스터를 찍는 것처럼 가로로 늘어서 포즈를 취하고 있었다. 그 모습이 웃겨서 킥킥대며 다가갔다. 형의 결혼식에 와준 것이 고마웠다. 이 낯선 곳에서 익숙한 친구들을 만나니 더 반갑기도 했다. 나는 바쁘게 인사하고 있는 형과 엄마를 붙잡아 친구들을 소개했다. 형은 내 친구들이 왔다는 이야기에 놀라는 눈치였다. 형은 친구들에게 인사하며 축하하러 와줘서 고맙다고, 밥 맛있으니까 잘 먹고 가라고 했다. 엄마는 친구들과 안면이 있는 사이여서 더 밝게 인사해줬다. 괜히 내가 결혼하는 것처럼 뿌듯한 마음이 들었다. 친구들과 함께 예식장에 들어갔다. 결혼식의 하객들이 많아서 앉지는 못하고 구석에 자리를 잡았다. 친구들과 농담이나 주고받는 동안 더 많은 하객이 들어왔다. 식이 시작하기 직전에는 아침 지하철처럼 사람이 꽉 차 한 발자국도 움직이기가 힘들었다. 곧 식을 시작한다고 사회자가 말했다. 한 친구가 나에게 너는 맨 앞에 가족들과 함께 앉아야 하는 것 아니냐고 물었다. 그런가 싶어 주변을 둘러봤지만 물어볼 만한 사람이 없었다.

결혼식이 시작하고 양가 부모님이 입장했다. 그리고 엄마 옆에는 있어서 안 되는 사람이 있었다. 아빠였다. 그러니까 아빠 역할을 하고 있는 외삼촌이었다. 나는 그 모습을 보면서 무슨 일이 일어났는지 단번에 이해할 수 있었다. 아마 엄마는 아빠가 없다는 것을 이 많은 하객에게 알리고 싶진 않았을 것이다. 혹은 주위에서 엄마에게 권유했을 수도 있다. 엄마는 엄마의 동생인 외삼촌에게 남편 역할을 해달라고 부탁했을 것이고, 외삼촌은 언제나처럼 흔쾌히 수락했을 것이다. 이 모든 게 아빠가 없어서 일어난 일이었다. 왠지 모를 짜증이 치솟았다. 엄마는 왜 아빠 대역을 외삼촌에게 부탁했을까. 내 짜증의 포인트는 부탁도, 외삼촌도 아니다. 오로지 대역이다. 우리에게 왜 아빠가 필요한가? 왜 아빠를 연기할 사람이 필요한가? 우리 가족은 이미 단단하고 완성된 가족일 텐데. 나는 외삼촌이 아빠의 대역으로 서는 순간, 이 많은 하객에게 우리 가족은 정말로 부족함이 있다고 선언하는 것처럼 느껴졌다. 치부도 아닌 것을 숨기기 위한 대역이 정말로 치부를 만들어냈다.

결혼식은 쏟아부은 돈에 비해 금방 끝이 났다. 다 함께 사진을 찍다가 턱시도를 입은 외삼촌의 모습이 보였다. 그 옆에 웃고 있는 엄마와 형, 그리고 형수님까지. 다들 별생각이 없어 보였다. 아빠의 대역이 있거나 없거나 그리 중요해 보이지 않았다. 사실 그럴 것이다. 이 많은 하객 중에 우리 집에 아빠가 있고 없고를 이러쿵저러쿵할 사람이 몇이나 있겠는가. 있더라도 결혼식이 끝난 술자리에서 속삭이듯 말하겠지. 그리고 10분이 지나면 전부 잊을 것이다. 요즘 세상에 아빠가 없는 것이 얼마나 큰 대수라고. 한번은 친구에게 넌지시 내가 결혼하면 아버지가 없어서 어떻게 하냐고 한탄하듯 말한 적이 있다. 친구는 나보다 펄쩍 뛰면서 요즘 그런 게 무슨 상관이냐고, 자신의 친구도 아버지가 없는데 결혼식 진행할 때 아버지 자리는 빈자리로 진행했다고 말했다. 그리고 덧붙이길 요즘 그런 거는 아무도 신경 쓰지 않으니까 너도 신경 쓰지 말라고 했다. 나는 친구의 참 쉬운 조언에 멋쩍은 웃음으로 화답했다. 그래, 누군가에게는 아무것도 아닌 일이다.

아주 오래전부터 엄마의 왼손 약지에는 반지가 있었다. 아마 내가 아주 어렸을 때부터였을 것이다. 그 반지의 용도가 아버지의 빈자리를 감추려는 것이라는 걸 언제 알았는지는 명확하지 않다. 엄마에게 들었던 것 같기도 하고, 나 홀로 추측한 것 같기도 하고, 형과 이야기하다 들었던 것 같기도 하다. 그래서 정말 그 용도가 아버지의 빈자리를 감추려는 것인지도 정확하지 않다. 어쩌면 엄마가 액세서리를 좋아해서 끼고 다니는 것일지도 몰랐다. 그렇지만 아마 처음 생각한 그 용도가 맞을 것이다. 엄마는 늘 아버지의 빈자리를 다른 사람들이 몰랐으면 했으니까. 분명한 것은 엄마가 요리할 때도, 출근할 때도, 여행을 갈 때도, 그때가 언제든 반지를 빼놓는 법이 없었다는 것이다. 엄마를 잘 알지 못하는 사람은 엄마의 반지를 보고 엄마의 결혼 생활이 잘 이어지고 있구나, 섣부른 추측을 하기도 했을 것이다. 나는 그것이 못마땅했다. 그 반지가 엄마가 새로운 사람을 만날 기회를 뻥뻥 차버리고 있다고 생각했기 때문이다. 엄마의 손에 반지가 없었다면 엄마에게는 새로운 사랑이 찾아올 수도 있지 않았을까? 내 순진한 착각일 뿐일까?

언젠가 엄마에게 그 반지를 빼는 건 어떻겠냐고 물어본 적이 있다. 엄마는 오른손으로 반지를 빙빙 돌리면서 왜 그래야 하냐고 물었다. 나는 말문이 막혔다. 그래야 새로운 사랑이 찾아온다거나 아빠가 없는 것을 부끄러워하지 않았으면 좋겠다거나, 그런 이유가 내 머릿속에 맴돌았지만, 그 이유가 누구를 위한 것인지 깨달았기 때문이다. 그 이유는 전부 나의 편의를 위한 것이었다. 엄마가 새로운 사람을 만나 나에게 의존하지 않았으면 했고, 아빠가 없는 것을 부끄러워하지 않아서 내 이마에 들러붙은 낙인을 제거하고 싶었을 뿐이다. 그 무엇도 엄마를 위한 이유는 아니었다. 나는 내 친구가 그러했던 것처럼 엄마에게 괜찮음을 강요하고 있었다. 엄마는 어떤 준비도 안 됐을지 모르는데. 누군가에겐 아무것도 아닌 일이 누군가에겐 치명적일지도 모르는데.

나는 엄마가 편견과 마주한 순간들을 상상했다. 남편이 없다는 것, 아이들이 애비 없이 자란다는 것, 그 후레자식을 홀로 키운다는 것, 그 모든 게 엄마한테는 어떤 의미였을까. 지지리 복도 없는 인생, 왜 그런 인간을 만나서, 내가 미련해서 그렇지, 엄마가 입버릇처럼 말해서 너무 쉽게 떠올려지는 말이다. 엄마의 이런 언어들은 오롯이 엄마에게서 나왔을까? 나는 그렇게 생각하지 않는다. 복이 없다거나 가정이 깨어진 것에 대해 자신을 탓하거나 하는 그 모든 말은 엄마가 어디선가 들었던 말일 것이다. 나 또한 그랬다. 아버지가 없으니 아무래도 무엇인가 부족하게 자라지 않았겠어. 이런 말을 들을 때면 그 무엇인가가 대체 무엇인지, 그것이 내 마음속에서 얼마나 커질 수 있을지 알고 그런 말을 하느냐고 따져 묻고 싶었다. 뉴스 보도에서 나와 같은 어린 시절을 보낸 범죄자의 이야기를 들을 때면 그것이 꼭 예언처럼 들리기도 했다. 손목에 수갑을 찬 채 겉옷으로 얼굴을 가린 그 범죄자가 미래의 나일지도 모른다는 불안감, 그리고 그런 시선들.

엄마는 어땠을까. 자식이 엇나갈지도 모른다는 불안은 당연히 있었겠으나 그 남편이 바람을 피웠다는 사실이 엄마에게 한 인간으로서 주는 모욕은 어찌하면 좋았을까. 흔히 여자가 곰 같아서 남자가 바람을 피울 만했다거나 네가 그러니까 남편이 바깥으로 나돈다거나 끼리끼리 만난다거나 그런 말을 쉽게도 한다. 요점은 한쪽이 매력이 없으니까 다른 쪽이 바람을 피웠다는 것이다. 그렇기에 남은 한쪽은 자신을 탓할 수밖에 없다. 자신이 여우처럼 매력적으로 행동하지 못한 것에 대해, 그리고 결국 그런 사람을 만날 수밖에 없었던 자신의 수준에 대해. 엄마는 그것이 개소리라며 뻥뻥 차버렸을까? 아니면 그 말들이 가슴에 남아 한이 되었을까. 나는 엄마의 삶을 상상하면 어둠 속에 유영하다 까무룩 잠이 들 것 같은 심정이 된다. 그 시절의 엄마에게는 그 자신의 상황에 대해 터놓고 나눌 만한 사람도 없었다. 엄마는 홀로 모든 것을 감내하고, 그 모든 것이 지나갈 때까지 묵묵히 기다렸다.

나는 그저 엄마를 사랑한다.

JTBC에서 〈용감한 솔로 육아, 내가 키운다〉라는 예능 프로그램을 시작했다. 프로그램 소개에 따르면 '다양한 이유로 혼자 아이를 키우게 된 이들이 모임을 결성해 각종 육아 팁과 정보를 공유하고 서로의 일상을 관찰하는 리얼리티 프로그램'이다. 나는 채널을 돌리다 엄마와 함께 이 방송을 보게 됐다. 방송에 나오는 이들은 각자 다른 삶을 살고 있지만, 솔로 육아를 하고 있다는 공통점이 있었다. 그들은 VAR로 다른 이의 삶을 보면서 그들의 삶에 공감하고, 또 무엇보다 응원했다. 나는 그런 모습을 보면서 옆에 있는 엄마에게, 엄마도 우리 키울 때 같은 처지에 있는 사람이 가까이에 있었으면 좋았겠다고 말했다. 엄마는 고개를 끄덕이면서, "그럼, 그랬으면 정말 좋았겠지. 그런데 아무도 없었어."라고 말했다. 나는 다시 TV를 보았다. 그곳에는 잠시나마 편견 어린 시선에서 벗어나 그들의 삶을 그 자체로 긍정할 수 있는 공동체가 있었다. 비록 방송이지만 나는 그 모습이 좋아 보였다. 엄마에게도 이런 공동체가 있었더라면, 어쩌면, 엄마의 왼손 약지에는 반지가 어느 순간 사라졌을지도 모르겠다. 외삼촌이 아빠의 대역을 하는 일도 없었을 것이다. 그래, 어쩌면.

결혼식이 끝나고 친구들과 식사를 하러 갔다. 친구들은 내가 아빠가 없다는 것을 안다. 그렇지만 그 친구들은 아빠 대역으로 외삼촌이 등장한 사실에 대해 아무 언급도 없었다. 왜 아빠 자리에 누군가가 있는지, 혹시 재혼한 것인지도 묻지 않았다. 나는 그것이 배려인지, 아니면 무관심인지 알 수 없었다. 그것이 배려인지 묻기도 뭐해서 나는 아빠 대역으로 외삼촌이 그 자리에 있었다고 했다. 친구들 반응은 내가 생각한 것보다 뜨겁지 않았다. 그저 그럴 수 있지, 라는 미온적인 태도였다. 상황이 그렇다 보니 나도 더는 말을 꺼내지 않았다. 대신 오늘 밥 먹고 무엇을 하고 놀지 이야기했다. 그런 친구들의 태도를 보고 나 또한 아무려면 어떤가 싶었다. 편견과 무관심의 경계 속에서 유영하는 것보다야 그게 더 편했다.

아빠 없는 게
죄인가요?

알람도 울리기 전에 눈이 번쩍 떠지는 날이 있다. 내겐 오늘이 그랬다. 출근하려면 시간이 좀 남았지만 이왕 일어났으니 평소보다 이르게 출근하기로 했다. 한산한 거리를 지나 도착한 회사에는, 웬걸, 팀장님이 있었다. 올려 묶은 머리와 퀭한 눈빛, 거무죽죽한 입술까지, 상태가 영 별로인 것 같았다. 그런 팀장님에게 인사하고는 어제 대체 무슨 일이 있었냐고 장난스레 물었다. 팀장님은 한숨을 내쉬더니 어제 친구들이랑 달렸다고, 잠도 얼마 못 잤다고 했다. 술 좀 그만 마시라고 타박했더니 팀장님은 손을 휘휘 젓더니 됐고, 편의점 가서 커피나 한 잔하자고 했다. 우리는 편의점에 가는 동안 이제 날씨가 좀 풀리는 것 같다거나 어제 본 예능이 얼마나 재밌는지 이야기하며 시간을 축냈다. 편의점에서 우리는 늘 마시던 커피를 샀다. 한 입만 먹어도 당이 쭉 하고 오르는 마법의 음료였다. 시간이 좀 남았으니 의자에 앉아 바람이나 쐬고 가자고 팀장님이 말했다.

편의점 바깥에 바쁘게 걸어 다니는 사람을 바라보다가 팀장님이 뜬금없이 전 남자친구 얘기를 꺼냈다. 어제 전 남자친구에게서 연락이 왔다고 했다. 그러더니 자기가 전 남자친구와 헤어진 이유가 무엇인지 아느냐고 나에게 물었다. 나는 아는 바가 없어서 모르겠다고 말했다.

팀장님의 이야기가 이어졌다. 팀장님은 전 남자친구와 상견례 자리를 마련했다고 한다. 거기서 결혼 관련 이야기를 이것저것 하는데 신경 쓰이는 부분이 많았다고 한다. 가장 신경 쓰였던 것은 전 남자친구가 '결손 가정'이라는 사실이었다. 팀장님은 전 남자친구가 원래 한부모 가정이라는 걸 알고 있었다. 하지만 연애와 결혼은 다르다고 했다. 한부모 가정에서 자란 사람과 결혼하는 것은 아무래도 찝찝하다는 것이다. 주위에서도 한부모 가정과 결혼하는 것을 말리는 사람이 많았다고 했다. 그러니까 결손 가정이 괜히 결손 가정이겠냐는 것이다.

나는 팀장님의 이야기를 들으면서 당황스러운 감정이 앞섰다. 당연하게도 팀장님은 내가 한부모 가정에서 자랐다는 사실을 모른다. 팀장님은 내가 당연히 '정상 가족'의 일원일 것으로 생각하고 말을 하고 있는 것이다. 그 전제보다 무척이나 당황스러웠던 것은 내가 팀장님의 말에 반박할 수가 없었다는 것이다. 팀장님의 이야기를 들으면서 말도 안 되는 소리 하지 말라고, 그런 게 어딨냐고 말할 수가 없었다. 입에 본드를 발라놓은 것처럼 꿈쩍도 하지 않았다. 왜냐하면 나 또한 팀장님과 같은 편견을 가지고 있기 때문이다. 그것이 아주 조금일지라도, 나 또한 결손 가정에는 문제가 있다는 생각을 한 것이다. 나 자신이 결손 가정이었음에도 말이다. 물론 그렇지 않은 결손 가정의 자녀들도 차고 넘치겠지만, 내가 겪었던 환경은 그랬다. 엄마는 우리 형제를 먹여 살리느라 늘 집에 없었기 때문에 우리 형제는 엄마의 손길을 온전히 느끼기 어려웠다. 그렇다면 엄마가 집에 있을 때는 어땠을까? 엄마는 하루에 열 시간 넘게 일했다. 퇴근하는 엄마의 모습은 꼭 중력이 엄마에게만 강하게 작용하는 것처럼 보였다. 엄마는 가방을 들 힘도 없어서 축 가라앉은 채 땅만 보고 걸었다. 그런 엄마가 집에 왔을 때 우리 형제를 사랑으로 돌보기는 힘들었다. 화를 내고 짜증을 내지 않는 것만으로도 다행이었다. 엄마는 항상 누워 있었고 나는 그런 엄마 옆에 누워 엄마의 손을 잡았다.

사정이 이러하니 엄마의 사랑 대신 다른 것을 찾아야 했다. 초등학생 때 나는 게임을 했다. 게임 속 캐릭터가 레벨이 높으면 다른 사람이 나를 인정해주었기 때문이다. 하루는 친구들에게 담임 선생님한테 내가 아프다고 전해달라고 말했다. 그리고 아침에 엄마와 함께 학교에 가는 척했다가 집에 아무도 없을 때쯤 다시 집으로 갔다. 그리고 레벨을 높였다. 학교에 가는 것보다 레벨을 높이는 게 더 중요했기 때문이다. 그렇게 하루가 지나고, 또다시 하루가 지나고, 일주일 동안 학교에 나가지 않았다. 그간 게임 속 캐릭터의 레벨을 많이 높일 수 있었다. 사람들은 어떻게 이리 빨리 레벨 업을 할 수 있냐며 나를 치켜세웠다. 나는 그 인정받을 때의 간지러우면서도 짜릿한 기분을 느끼며 학교에 가지 않는 불안을 지웠다. 하지만 일주일이 지나자 이상하게 생각한 담임 선생님이 내가 학교에 결석한다는 사실을 엄마에게 알렸다. 당연히 엄마는 내가 학교에 일주일 동안 나가지 않았다는 사실에 놀랐다. 아마도 이 일을 어떻게 받아들여야 하는지, 또 어떻게 훈육을 해야 하는지 고민했을 것이다. 함께 고민할 사람이라도 있었으면 다행이겠지만 엄마는 혼자였다.

엄마는 결국 정공법을 택했다. 침대에 나를 앉힌 상태로 엄마는 한쪽 무릎을 꿇은 채 내 허벅지 위에서 내 손을 잡았다. 그러고는 조심스레 물었다. 학교에 일주일 동안 가지 않았다고 들었다. 왜 학교에 가지 않았니? 나는 우물쭈물하면서 아무 말도 하지 않았다. 엄마는 다시 나에게 물었다. 학교에 가지 않는 동안은 밖에 있었어? 나는 고개를 저었다. 그러면 집으로

왔어? 고개를 끄덕였다. 집에서 뭐 했어? 나는 들리지 않을 정
도로 희미한 목소리로 게임을 했다고 했다. 숨이 막혔다. 엄마
의 얼굴을 볼 수가 없었다. 엄마는 한참을 나를 바라보다가 내
허벅지를 한 손으로 때리면서 왜 그랬냐고, 왜 이렇게 엄마 속
을 썩이냐고 울분을 토하면서 말했다. 그러고는 형에게 이 사
실을 말할 것이라고 했다. 나는 그 말을 듣고 고개를 번쩍 들어
엄마를 보았다. 형이 이 사실을 알면 정말 날 죽일지도 몰랐다.
나는 필사적으로 엄마에게 매달렸다. 제발 형에게 말하지 말
아달라고, 형이 알면 절대 안 된다고 말하면서 말이다. 우리는
부둥켜안은 채 한참을 울었다. 나는 울면서 엄마에게 다시는
이러지 않겠다고 엄마 품에서 말했다. 엄마는 나를 안은 채로
내 머리를 쓰다듬었다. 나는 사랑받고 있었다.

일주일 만에 다시 학교에 갔을 때 나는 무단결석한 학생이
되어 있었다. 그로 인해 많은 친구의 관심을 독차지할 수 있었
다. 무단이라는 단어가 주는 일탈이 나를 특별하게 만들었다.
나는 쉬는 시간이 되면 일주일 동안 무엇을 했는지 떠벌리고
다녔다. 단순히 게임을 했다고만 말하면 그 관심을 유지할 수
가 없어서 중학생 형, 누나 들과 놀았다면서 거짓말을 했다. 친
구들은 내 이야기에 열광했고, 일주일의 무단결석 덕분에 평
범한 아이에서 특별한 아이가 될 수 있었다. 또 그 특별함 때문
에 친구들에게 관심받을 수 있었다. 그렇지만 또 무단결석을

해야겠다는 생각은 하지 않았다. 형이 무섭기도 했고, 엄마가 우는 모습을 보고 싶지 않았기 때문이다.

문제는 시간이 지날수록 친구들의 관심은 떨어진다는 것이다. 나는 점점 평범한 아이로 그 지위가 추락하고 있었다. 그리고 마침내 아무도 내 말에 귀를 기울이지 않기 시작했다. 그저 평범한 아이가 된 것이다. 나는 그 사실이 절망적으로 다가왔다. 내가 더는 사랑받을 자격이 없다고 선고받은 것처럼 느껴졌기 때문이다. 무슨 수라도 써야 했다. 다시 특별한 아이가 돼서 반 친구들에게도, 엄마에게도 사랑을 받아야 했다. 몇 번 더 거짓말을 했지만 반 친구들의 반응은 뜨뜻미지근했다. 더 자극적인 거짓말이나 행동이 필요했지만, 그렇게 되면 친구들이 내 말이 사실인지 확인하려고 들게 뻔했다. 그래서 타깃을 바꿨다. 게임 속에서는 친하지만 현실에서는 한 번도 만난 적 없는 사람들에게 거짓말을 하기 시작했다. 얼굴을 맞대고 하는 거짓말이 아니다 보니 더 과감해지기 시작했다. 첩보 영화를 보고서는 내가 비밀 요원이라고 거짓말을 하기도 하고, 내가 사는 집이 한남동에 몰려 있는 저택들처럼 으리으리하다거나 나만을 위해 일하는 보디가드가 있다는 식의 거짓말이었다. 지금 생각하면 웃음이 날 정도로 유치한 거짓말이지만, 나는 그 이야기를 할 때 사람들이 내게 관심을 보이는 것이 좋았다. 정말 그렇게 생각하는 사람도 있고 그렇지 않은 사람도 있었지만, 어떤 형태로든 나는 주목받을 수 있었다. 그 후에도 나는 수없이 많은 거짓말을 하면서 다른 사람의 관심을 바랐다.

지금은 이 경험들이 내게 어떤 신념을 주입했다는 것을 안다. 그것은 특별해야만 사랑받을 수 있다는 믿음이다. 평범한 나는 사랑받을 수 없고, 특별해야만 사랑받을 수 있다는 그 왜곡된 믿음이 나를 엇나가게 만들었다. 누군가가 나를 사랑해도 거짓된 내 모습을 보고 사랑한다고 생각했다. 그러니 아무것도 채워지지 않았다. 나를 사랑하는 사람을 보면서도, 내가 했던 수많은 거짓말을 알고도 네가 나를 사랑할까, 그런 생각이 들었다. 그 누구에게도 진실을 말하지 못한 채 거짓된 삶을 살았다. 누구의 사랑도 느껴지지 않으니 나는 더 많은 사랑을 갈구했다. 나에게 애정을 달라고 애걸복걸하면서 정작 사랑을 주면 그것이 당연하다는 듯 굴었다. 그렇게 사랑받는 게 당연해야 내가 특별한 사람이 되니까. 이 사실을 알고 어떻게든 애정 결핍에서 벗어나려고 하는 지금도 나는 무의식적으로 다른 사람의 관심을 끌기 위해 과장되게 말을 하거나 자극적인 단어를 택할 때가 있다. 그것이 내 마음이 아닌데도 내 마음인 것처럼 위악적인 모습을 보인다. 그로 인해 내가 특별해지고 내가 사랑받을 수 있다고 생각하는 것이다. 요즘은 그것을 스스로 눈치채면 상대에게 방금 것은 과한 말이었다거나 말실수라고 급히 정정하지만, 내 안에서 솟구치는 역겨움은 참기 힘들다. 또 거짓말했네?

그러니까 팀장님이 전 남자친구가 결손 가정에서 자랐기 때문에 결혼까지는 잘 모르겠어서 헤어졌다는 그 말이 미우면서도 납득이 갔다. 그렇게 생각할 수 있겠구나, 누군가에겐 이런 혐오가 자연스러운 생각이겠구나. 당장 나라는 샘플이 그렇지 않던가? 물론 머리로는 그 생각이 편협한 생각이란 것을 알면서도, 결손 가정이라는 말 자체가 폭력적이라고 생각하면서도, 결손 가정이 괜히 결손 가정이냐는 말이 내 심장을 찔렀다. 그도 그럴 것이 평균적으로 한부모 가정의 수입은 '정상 가족'의 수입보다 적다. 물론 집안에 돈이 많고 고소득의 직업을 가진 편부모는 그렇지 않을 수 있다. 또 양육비를 받는다면 이야기가 달라질지도 모른다. 하지만 괜히 국가에서 한부모 가정을 지원하는 것이 아니다. 비단 돈뿐만 아니라 여러 방면에서 한부모 가정의 양육 환경은 좋지 않다. 한부모 가정의 자녀들은 물리적인 이유로 부모에게서 온전한 사랑을 느끼기 어렵기 때문이다. 당연히 '정상 가족'도 똑같이 어려울 수 있겠지만, 심지어 훨씬 더 어려울 수 있겠지만, 그 속이야기를 듣기 전까지는 우리는 그 가족이 어떤 삶을 살고 있는지 알 길이 없다. 하지만 상대가 한부모 가정이라면 우리는 쉽게 판단할 수 있다. 상대에게 어떤 이야기를 듣기도 전에 저 가족은 '비정상'이기 때문에 어떤 문제가 있을 것이라고 말이다.

팀장님에게 전 남자친구에게 헤어진 이유를 말해줬냐고 물었다. 팀장님은 웃으면서 그걸 어떻게 말하냐고, 그냥 확신이 없어서 헤어지자고 말했다고 했다. 나는 그 전 남자친구를 한 번도 본 적은 없지만, 그가 어떤 사람인지도 모르지만, 분명 팀장님이 말하지 않은 그 이유를 눈치챘을 것이라는 생각이 들었다. 심지어 전 남자친구의 하나뿐인 부모님도 눈치챘을 것이다. 원래 차별받는 쪽은 그 차별의 공기를 더 예민하게 눈치채는 법이다. 물론 정말 그랬는지는 알 수 없겠지만, 만약 그렇다면 그들은 어떤 심정으로 그 이야기를 들었을까. 그 심정을 상상할수록 마음이 무겁다. 그 고통을 짐작하기도 어렵다. 평생 그 상처가 가슴에 남지 않을까? 다시 사랑을 시작할 때마다 그 기억이 떠오르진 않을까?

애정

결핍

사람들은 흔히 아이들을 칭찬할 때 재능이 아닌 노력을 칭찬해야 한다고 말한다. 나는 재능을 칭찬받는 쪽이었다. 어렸을 때부터 틈만 나면 머리가 좋다는 이야기를 들었다. 어른들은 내가 머리가 좋은 이유로 책을 많이 읽고 레고를 해서 그런 것 같다고 수군댔다. 실제로 지능 검사 결과도 또래보다 높게 나왔다. 중학교 1학년 중간고사 때는 별로 공부하지도 않은 것 같은데 전교권에 들었다. 중학교 2학년 때는 과학영재로 꼽혀 시험을 보러 다니기도 했다. 내 인생의 황금기라고 할 수 있는 시간이다. 하지만 나는 중학교 1학년 중간고사 이후로 성적이 우하향 그래프를 그렸다. 과학영재 선발 시험에서는 떨어졌고 어떤 분야에서도 두각을 나타내지 못했다. '가능성이 꽤 있어

보이는 학생 1'에서 그냥 '학생 1'로 추락하는 순간이었다. 나는 그럴 때마다 별로 노력하지 않았다는 티를 냈다. 시험 결과가 좋지 않아도 웃으면서 "어젯밤에 밤새 게임을 하다가 시험 볼 때 졸았잖아."라고 친구들에게 말하는 식이었다. 물론 집에서 열심히 공부한 나 자신은 잊은 지 오래다. 엄마는 어렸을 때 두각을 나타낼 '뻔'했던 내 모습을 잊지 않고 늘 똑같은 말을 했다. "네가 머리가 좋아서 조금만 노력하면 금방 성적이 오를 거야." 나는 고개를 끄덕였다. 엄마 말대로 '조금만' 노력하면 될 거야. 그러니까 게임이나 하러 가자.

고등학교로 올라가서는 중위권보다 조금 더 낮은 성적을 유지했다. 중학교 때보다는 더 노력했는데도 원하는 만큼 성적이 오르지 않았다. 나는 아주 기민하고 날카로운 눈빛으로 친구들을 바라보며 그 차이가 무엇인지 생각했다. 그리고 차이를 알아냈다. 바로 학원이다. 넉넉하지 않은 형편인 우리 집에서 학원을 보낼 수 있을 리가 없었다. 나는 학원에 다니지도 않는데 이 정도면 꽤 잘하는 것이라고 생각하기로 했다. 시험 기간이 되면 누구보다 먼저 친구들에게 놀러 가자고 말했다. 학생은 낭만이 있어야 된다면서 공부는 나중에 해도 괜찮다고 떠벌리고 다녔다. 그렇게 밑 작업을 그리고 중위권보다 조금 더 높은 성적을 받으면 친구들에게 "쟤는 공부도 별로 안 하는데 성적이 높다."는 소리를 들었다. 그러면 슬쩍 IQ 얘기를 꺼냈다. 친구들은 알아서 납득했다. 쟤는 머리가 좋은가 보구나. 이때의 삽질 덕분에 나는 아직도 머리가 좋다는 소리를 듣는다. 심지어 평범한 친구들과 뭔가 다른 비범한 친구라는 소리까지 들었다. 아마 꾸준하게 책을 읽은 것도 이러한 이미지를 구축하는 데 한몫하지 않았을까 하는 생각이 든다.

대학교에 와서도 별반 다르지 않게 생활했다. 사실 반수를 하면서 재능보다 노력의 맛을 알게 됐다. 정말 열심히 공부하면 보상받는다는 생각이 내 머릿속에 주입됐다. 열의가 넘쳐 대학교에서도 학점 관리를 잘해야겠다는 생각에 1학년 1학기에 과도하게 힘을 주게 됐다. 거의 만점에 가까운 학점을 받고 나는 다시 생각했다. 나는 정말 머리가 좋은 걸지도 몰라. 반수할 때의 노력보다는 반수해서 뒤집어진 수능 등급만 눈에 들어오기 시작했다. 다시 노력의 가치를 무시하고 내가 가진 것을 활용했다. 결과는 처참했지만 '낭만'이라고 생각하기로 했다. 한 예로 아침 수업인데 늦잠을 자느라 결석해 F 학점을 받은 과목이 있다. 나는 친구들에게 그 수업에 결석한 이유가 '하늘이 예뻐서'라는 얼토당토않은 이유를 댔다. 오히려 성실한 친구에게 한 번쯤은 수업에 빠져도 된다며 대학교에 왔는데 낭만을 즐겨야 하지 않겠냐고 설득하기에 이르렀다. 나는 고등학교 때와 비슷한 방식으로 내가 남들과는 다른 가치를 따르는 사람처럼 보일 수 있도록 여러 가지 물밑 작업을 진행했다.

남들이 보는 나를 애지중지 가꿀수록 정작 나의 내면에서는 악취가 났다. 내가 나를 포장하는 동안 실패는 쌓여서 사실 나는 아무것도 할 수 없는 무력한 인간이라고 생각할 때가 많았다. 그럴 때마다 임시방편으로 나는 나 자신이 긁지 않은 복권처럼 가능성으로 가득 찬 사람이라고 생각하려고 노력했다. 하지만 역부족이었다. 아무리 나를 속이려 해도 나는 언제나 진실을 알고 있었다. 어떻게든 도망치려 했지만 그 끝에는 언제나 막다른 골목이 있었다. 사방이 막힌 곳에서 나는 참을 수 없는 역겨움을 느꼈다. 온갖 거짓으로 범벅된 나 자신에게서 오물에서나 날 법한 냄새가 났다. 나는 나의 어떤 모습이 아니라 나라는 인간의 존재 자체가 혐오스러웠다. 그런 내가 미치도록 싫어서 멍이 들 때까지 나를 때리기도 하고, 거울을 보면서 온갖 욕을 하며 소리를 지르기도 했다. 처음엔 이 모든 순간이 끔찍했지만, 그래서 더는 살고 싶지도 않다는 생각이 들었지만, 동시에 나는 점점 삶의 역동을 되찾고 있었다. 우울하면서도 내심 기쁘기도 했다. 극단적인 형태로 나를 혐오할수록 내가 특별한 사람처럼 느껴졌기 때문이다.

그 특별함은 어렸을 때 머리가 좋다고 처음 칭찬을 받았을 때처럼 짜릿한 맛이 있었다. 나는 머리가 좋다는 칭찬을 받기 위해 물밑 작업을 했던 것처럼 나를 혐오하는 마음을 강하게 느끼기 위해 물밑 작업을 했다. 중요한 일을 앞둔 상태로 일부러 그 일을 하지 않았다. 다이어트를 결심하고는 가장 결정적인 순간에 햄버거 세트를 먹고 달달한 디저트까지 먹었다. 마감 기한이 있는 과제는 마감을 넘기면서 나는 어쩔 수 없는, 도저히 구제가 불가능한 인간이라는 말이 내 입에서 나오게끔 했다. 좋게 지낼 수 있는 인간관계를 괜히 독한 말을 꺼내 망치기도 했다. 나는 계속해서 나를 구석으로 몰았다. 이 세상에 혼자 있는 것처럼 느낄 수 있도록 고립감을 선사하고, 나에게는 아무런 희망도 없는 삶이 기다리고 있을 것이라 스스로 설득했다. 나를 망치는 일, 그러니까 절벽 끝에 위태롭게 서 있는 나를 있는 힘껏 밀어내는 이 일이 나는 고통스러우면서도 공허한 일이란 것을 알았다. 하지만 동시에 나의 마음을 채운다는 것 또한 알았다. 그것은 무척 자극적이라 적어도 그 순간만큼은 내가 살아 있다는 느낌을 절실히 깨닫게 했다. 이렇게 극단적인 방법으로 나를 혐오할수록 나는 점점 더 특별한 사람이 됐다. 그냥 '학생 1'이 아니라 '위태롭게 서 있는 학생 1'로 비상하는 순간이었다. 내 주위 사람들은 나를 예의 주시했고, 나는 그것이 어렸을 때 내게 기대를 품고 바라보는 어른들의 눈빛과 비슷하다는 걸 알았다.

이쯤 되면 궁금하지 않을 수가 없다. 나는 왜 이렇게 특별함에 집착할까? 언제부터 이렇게 나를 꾸미는 말들에 관심이 많았을까? 아마 재능에 칭찬받은 경험과 특유의 겁이 많은 성격이 만나 시너지 효과를 낸 것처럼 보인다. 재능을 다른 말로 하면 특별함이 된다. 재능에 칭찬받은 경험이 쌓여 나는 특별해야만 관심받고 나아가 사랑받을 수 있다고 믿었으리라 생각한다. 더 많은 애정을 받고 싶은 나는 내가 특별한 존재로 계속 남을 수 있기를 바랐을 것이다. 특히 그 반대의 상황, 내가 특별하지 않아서 사랑받을 수 없는 상황을 무척이나 두려워했을 것이다. 그러니 어떻게든 특별한 존재로 남을 필요가 있었다. 그 결과가 이것이다. 특별함을 향한 광기. 물론 나만 별나게 특별함을 추구하는 것은 아니다. 우리 사회도 특별함을 추구한다. 특히 TV 속에서는 언제나 특별한 사람들이 나온다. 특별하게 잘생긴 사람, 특별하게 노래를 잘하는 사람, 특별하게 연기를 잘하는 사람, 특별하게 공부를 잘하는 사람이 수없이 나온다. 사람들은 이런 사람을 엄청난 재능의 소유자라며 치켜세우기 바쁘다. 그리고 나는 어렸을 때부터 TV를 봤다. 나는 TV에 나오는 특별한 사람들이 부러웠다. 저렇게 스스로 빛나는 사람들은 대체 어떤 기분일까? 어떤 복을 타고났길래 나와는 이다지도 다른 삶을 사는 걸까? 그러다 문득 세상엔 재능이 뛰어난 사람이 이렇게 많은데 나는 왜 이 모양 이 꼴인가 싶어 한숨이 새어 나왔다.

TV뿐만 아니다. 취업 좀 하려고 하면 기업들은 항상 특별한 인재를 원한다. 그들은 자랑스럽게 평범한 인재는 거부한다고 외친다. 항상 크리에이티브를 강조하면서 기업의 10년을 책임질 인재를 뽑는다고 말한다. 아마 그런 사람이 잘 나타나지 않는지 여러 기업에서 창의적 인재를 육성하기 위해 과감한 투자도 마다하지 않는다. 스티브 잡스가 성공하면 한국형 스티브 잡스를 발굴하기 위해 돈을 쓰고, 일론 머스크가 대세면 한국형 일론 머스크를 찾기 위해 성화다. 나는 특별한 인재를 찾아 남극이라도 찾아갈 준비가 된 기업을 보며 일종의 광기를 느낀다. 광고도 마찬가지다. 평범한 옷이나 누구나 할 수 있는 액세서리는 거부한다. 가끔 패션쇼에서 정말 난해해 입을 다물 수 없는 옷이 나오는 이유라 생각한다. 좀더 일상에서 패션은 튀지 않으면서 개성 있는 것을 최고로 친다. 그것이 특별한 것이고, 그것을 우리는 추구해야 한다. 심지어 교과서도 그렇다. 교과서에 나오는 인물이나 그들의 업적은 뭣 하나 평범한 것이 없다. 나라를 구하고, 목숨이 위태로운 상황에서도 그들은 신념을 지킨다. 평범한 사람은 할 수 없는 아주 특별한 위업이다. 그래서 그들을 위인이라고 부르지 않던가? 사실 교과서에 실릴 정도 되는 인물이라면 그 사람을 더는 평범하다고 말하기 어려울 것이다. 가끔 강연에 나와서 자신은 평범한 사람이라고 소개하는 사람이 있다. 물론 그 사람이 한때 평범한 사람이었을 수는 있다. 하지만 그 사람이 지금도 정말 평범한 사람이었다면 수많은 사람 앞에서 강연하기는 힘들었을 것이다. 평범한 사람은 그 사람의 강연을 듣고 있는 수많은 관중이다. 평범한 사람 중 하나인 나는 강연자의 말에 귀를 기울인다. 꼭 이 수많은 사람보다 강연자가 더 뛰어난 인간이라고 생각하는 것처럼 말이다.

그래서일까. 어느새 나도 닮아 있었다. TV와 채용, 광고, 교육에서 말하는 것처럼 특별한 것을 상급품, 평범한 것을 중급품, 모자란 것을 하급품으로 쳤다. 문제는 내가 사람에게도 이 기준을 들이밀었다는 것이다. 나는 사람을 사람으로 바라보기보다 상품으로 바라보는 일이 많아졌다. 내가 좋아하는 사람은 상급품, 그다지 신경 쓰지 않는 사람은 중급품, 내가 싫어하는 사람은 하급품, 이런 식으로 말이다. 또한 공부를 잘하는 친구는 상급품, 중간 정도 되는 친구는 중급품, 공부를 못하는 친구는 하급품, 이런 식으로 수많은 분야에서 품평이 이루어졌다. 이 품평을 지금 글로 적으니 비윤리적으로 느껴지는데 나는 그렇게 사람들을 품평하는 데 별다른 거부감이 없었다. 그 이유는 10년이 넘게 다닌 학교에서 항상 학생을 품평했기 때문이라고 생각한다. 우리는 1등부터 꼴찌까지 순위를 매기는 방식에 지나치게 적응했다. 문제는 이 방식이 너무나 익숙해서 적용하지 말아야 할 것에도 적용한다는 것이다. 특히 결혼정보회사에서 이러한 품평이 잘 활용된다고 생각한다. 숫자로 계산할 수 있는 재산은 말할 것도 없고, 한 사람의 직업이나 가족 관계, 가치관처럼 도저히 숫자로 표기할 수 없는 것도 정해진 기준에 따라 품평한다. 물론 나도 그러한 품평이 익숙하다. 다른 사람도 대체로 그럴 것이다. 중고등학교 때는 내신과 수능등급으로, 대학생 때는 학점으로, 사회에 나가서는 돈으로 사람들을 품평한다. 그 외에 수많은 기준이 있다. 외모가 있을 수 있고, 말투나 장애 여부 같은 것들이 그 사람의 가치를 매기는 항목이 될 수 있다.

품평하는 데 나 자신도 예외는 아니었다. 나는 나 자신도 상품으로 바라보고 있었다. 지금 내가 정확히 몇 급인지 떠올릴 수 있는 걸 보면 나도 무의식적으로 알고 있었을 것이다. 다만 너무 당연해서 인지하지 못했을 뿐이다. 실제로 이 글을 쓰면서, 또 입 밖으로 "나는 상품이다!" 하고 말하니 그제야 위화감이 느껴진다. "당신은 상품이다!"도 마찬가지다. 오래된 기종의 휴대전화보다 최신 기종의 휴대전화가 뛰어난 이유는 성능에서 차이가 나기 때문이다. 하지만 인간과 인간이 성능에서 얼마나 차이가 날 수 있을까? 차이가 난다고 하더라도 순위를 매길 수나 있을까? 지능의 종류도 매우 다양해서 명확한 기준이 없으면 줄 세우기도 힘들 것이 분명하다. 꾸역꾸역 순위를 정한다고 해도 인간의 뇌는 하루가 다르게 달라진다. 일단 출시되면 고정불변한 상품과는 본질적으로 다르다. 하지만 나는 꼭 인간을 상품처럼 대했다. 그것은 나 자신도 마찬가지여서 나의 가치는 내 성능에 달려 있다고 믿었다. 내가 특별해지 길 원한 것은 내 성능을 높이면 다른 사람들이 나를 사랑해줄 것이라는 믿음 때문이었다. 시험을 잘 봐야만 엄마가 나를 사 랑하고, 외향적인 성격을 가져야만 친구들에게 사랑을 받을 수 있고, 대기업에 다녀야만 결혼할 수 있다는 그런 믿음 말이다.

아빠가 없으면
뭐 어때서

대학교 수업은 재미없었지만 유독 같은 과에 잘 맞는 친구가 있었다. 우리는 첫 만남부터 그 사실을 알았던 것 같다. 학과에서 회식할 때 우연히 같은 테이블에 앉았는데 내가 이야기를 하면 그 친구가 웃음이 터졌고, 그 친구가 이야기하면 내가 웃음이 터졌다. 놀리는 것도 죽이 척척 맞아서 내가 친구 하나를 놀리기 시작하면 그 친구가 보태주었다. 테이블에서 의미심장한 눈빛으로 서로를 바라보던 우리는 이후에도 같이 게임을 하기도 하고 동기들과 함께 보드게임방에서 놀기도 하면서 더 친해졌다. 우리가 즐겨 쓰는 농담 중에는 극단적인 것도 많았다. 대표적으로 "자살 각."이라거나 "자살하고 싶다."는 표현이 그랬다. 한번은 과사무실에서 권위의식을 찾아보기 힘든 조교 선생님과 떠들며 놀다가 자살 이야기가 나왔다. 사실 이야기라기보다는 감탄사 같은 것이었다. 하지만 조교 선생님에겐 우리의 감탄사가 감탄사처럼 들리지 않았던 것 같다. 조교 선생님은 우리에게 그 표현은 되도록 쓰지 않는 것이 좋겠다고 말했다. 우리는 고개를 끄덕이면서도, 우리의 표현을 돌아봤을 때 '자살 각'이라는 표현이 진짜 자살을 하겠다기보다는 우리의 감정을 보다 깊이 있게 표현하는 방법 중 하나라고 생각했다. 일종의 과장법인 것이다. 하지만 조교 선생님은 우리의 말에도 자살은 누군가에겐 상처가 될 수 있는 표현이라면서 단호히 고개를 저었다.

농담을 검열당한 우리는 새로운 농담을 찾았다. 나의 시그니처 농담은 "애비 없이 자라서 그렇다."이다. 예를 들어 어떤 사람이 나에게 왜 이렇게 성격이 급하냐고 묻는다면 애비 없이 자라서 그렇다고 답하는 식이다. 처음 친구에게 이 농담을 건넸을 때 그 친구는 당황해서 어쩔 줄 몰라 했다. 좀만 더 기다리면 미안하다고 석고대죄라도 할 판이라 나는 낄낄대며 밥이나 먹으러 가자고 했다. 왠지 그 친구가 당황해하는 모습을 보고 있으니 기분이 좋았다. 몇 번 농담이 쌓이자 친구는 적응하는 것을 넘어 응용하기에 이르렀다. 내가 이게 왜 안 되냐고 물으면 친구가 나에게 손가락질하며 "네가 아빠가 없어서 그래!"라며 말을 덧붙이는 식이다. 처음엔 이게 무슨 말인가 싶었는데 이내 웃음이 터졌다. 이렇게 유쾌한 "애비 없이 자라서 그렇다."는 말을 들은 적이 없기 때문이다. 사람들은 애비 없이 자라서 그렇다는 말을 수군댈 때나 쓰지, 나에게 손가락질 하며 쓰지는 않았다. 그래서 더 싫었다. 대놓고 나에게 그리 말하면 반박이라도 할 텐데, 지들끼리 쑥덕대니 나는 내 이마에 낙인이 찍히는 것을 두고 볼 수밖에 없기 때문이다.

나만 이런 농담을 즐겨 하는 줄 알았는데 어떤 만화에서 보니 나와 비슷한 농담을 하는 인물이 있었다. 그 인물은 아빠가 죽고 나서 점점 자신의 슬픔이 무뎌지는 것을 견딜 수 없었다. 그래서 다른 사람에게 아빠가 죽었다는 의미심장한 농담을 건넸다. 다른 사람이 그 말을 듣고 당황해하며 괜찮니, 힘들지 같은 말들을 하면서 대신 슬퍼해줄 때, 그 인물은 자신의 슬픔을 인지할 수 있었다. 얼핏 이해가 갔다. 사람들은 어떤 말을 들으면 그에 상응하는 이미지를 단번에 생각해낸다. 만화 속 인물처럼 아버지가 죽었다는 말을 들으면 그 인물이 장례식장에서 눈물을 흘리고 있는 모습이나 텅 빈 집 안에 쓰러지듯 앉아 절망하는 모습 같은 것들을 떠올린다. 이와 비슷하게 애비 없이 자랐다는 말을 들은 보통 사람은 그 말이 뜻하는 바를 단번에 이해한다. 아빠가 없으니 호되게 혼난 경험이 없어 버르장머리 없이 자랐고, 아버지 없이 자라 애가 권위를 모르니 예의가 없고 된통 참을성이 없으며, 그래서 무엇 하나 제대로 해내는 것이 없다. 그들에게 우리는 그야말로 덜떨어진 인간, 배운 것 없이 막되게 자라 버릇이 없는 후레자식일 것이다. 대체로 이런 이미지는 차별의 통로로 쓰이지만, 아주 가끔 동정의 통로로 쓰이기도 한다. 애비 없이 자랐다는 말에 슬픈 눈으로 바라보는 것이 그 증거다.

내가 무슨 말에든 애비 없이 자라서 그렇다고 뻔뻔하게 농담을 하는 이유는 그것이 별것 아닌 일로 치부되길 바라기 때문이다. 그리고 상대에게 묻고 싶은 마음도 있었다. 정말 그래? 정말 나라는 인간은 애비가 없어서 이 모양 이 꼴인 거야? 물론 많은 사람에게 수없이 물었지만, 그 누구도 "말도 안 돼, 네가 아버지가 없어서 그럴 리가 없잖아. 그런 건 아무 상관 없어."라고 답하지 않았다. 다들 슬픈 표정으로 미안하다고 했을 뿐이다. 무엇이 미안하냐고 묻지는 못했다. 그것을 묻는 순간 내 농담은 농담이 아니게 되었을 테니까. 하지만 이 질문에 나조차 쉽사리 그런 건 아무 상관 없다고 답하기가 어렵다. 아주 일말의 의심이 있기 때문이다. 내가 못난 모습을 보이면 혹시 아빠가 없어서, 그러니까 버려지는 게 두려워서 이렇게 행동하는 것은 아닐까 자문하게 된다. 어떨 때는 어렸을 때 아빠에게 배워야 할 것이 있는데 배우지 못해 내가 이렇게 된 것은 아닐까 하기도 한다. 그것이 정확히 무엇이냐고 묻는다면 할 말도 없지만, 아빠가 내 삶에 없었으니 막연히 그렇지 않을까 생각할 뿐이다. 비합리적이고 말도 안 되는 소리란 걸 알면서도 나는 이 의심에서 벗어날 수가 없다.

만약 내가 아는 사람 중에 나처럼 아빠가 없이 자라서 고민하는 사람이 있다면 나는 "아빠 없는 게 뭐 어때서!"라며 그 사람의 어깨를 툭툭 칠 것이다. 정말 별일 아니라는 듯이. 내 주위의 수많은 사람이 내게 그렇게 말하기도 했다. 아버지가 없는 것은 별일 아니라고, 세상에 얼마나 힘든 일이 많은데 그 정도는 약과라고 말이다. 하지만 나는 도저히 아빠 없이 자란 긍정적인 이미지를 떠올리기가 힘들다. 정말로 아빠 없는 게 뭐 어때서, 라고 말하기가 어렵다. 사람들은 연쇄살인마가 잡히고 나서 그가 아빠가 없이 자랐다는 이야기를 듣고는 고개를 끄덕인다. 합당하다는 것이다. 아빠가 없이 자랐으니 연쇄살인마가 될 인과관계가 그들 머릿속에서 만들어진다. 문제는 내 머릿속에서도 만들어진다는 것이다. 뉴스에서 떠드는 그런 이야기도, 동화 속 이야기에서 나오는 아빠 없이 자란 악역의 이야기도, 내가 겪은 이야기도, 아빠가 없어서, 그러니까 아빠가 나를 버렸다는 그 사실이 견딜 수 없이 괴로웠다는 이야기뿐이다. 아빠가 없어서 행복했다거나 아빠 없이 자라도 문제없다고 말하는 이야기를, 적어도 나는, 들은 적이 없다.

우리나라에서 혼자 사는 사람은 일반 입양만 가능하고 친양자 입양은 할 수 없다. 친부모와의 관계를 완전히 정리하지 못해 법적으로 보다 완전한 부모의 지위를 구축할 수 없다는 소리다. 일반 입양은 할 수 있지 않느냐고 한다면 할 말은 없지만, 법이 어떤 이야기를 하고 있는지는 실감이 간다. 편부모는 완전하지 못하다는 것이다. 편부모는 아이를 양육할 수 없는 환경이라는 소리다. 왜? 부족하니까. '무엇인가' 부족하니까. 나는 그 부족함의 정체가 무엇인지 알고 싶다. 대체 부족한 것이 뭔지, 그것이 나에게 어떤 영향을 끼치고 있는지, 나를 후레자식으로 만든 그 어떤 것이 대체 무엇인지, 할 수 있다면 그것을 채워 후레자식 소리 듣지 않으며 살고 싶다. 나도 손가락질 받지 않으면서 평범하게 살고 싶다. 내가 태어나고 얼마 지나지 않아 일어난 그 어쩔 수 없는 일에서 그만 벗어나고 싶다. 하지만 벗어날 수 없다는 것을 안다. 아무도 나의 농담에 당연한 것처럼 반박하지 않듯이 그것은 내 평생 당연히 따라붙을 꼬리표가 될 테다.

이제 나와 친구는 자살하고 싶다는 이야기를 그리 쉽게 꺼내지 않는다. 나도 아빠가 없어서 그렇다는 말을 잘 하지 않는다. 어떤 친구에게 장난스레 그 말을 뱉었다가 그 친구가 "나도 아빠가 없는데. 나도 그런가?"라고 말했기 때문이다. 그때 아빠가 없어서 그런 게 말이 되냐고, 다 장난이었다고 했어야 했는데 도무지 입이 떨어지지 않았다. 잠시 후에 고개를 숙이고는 미안하다고 했을 뿐이다. 그 친구는 나와 다르게 뭐가 미안하냐고 물었다. 나는 우물쭈물하다가 "아무것도 아니야."라고 했던가, "그런 게 아니야."라고 했던가. 잘 기억이 나지 않는다. 어찌 됐든 이젠 농담을 잘 하지 않는다. 나와 친구는 가끔 그 사실이 괜히 아쉬워졌다. 자극적인 말로 뇌신경이 짜릿해지는 일이 없으니 대화가 맹숭맹숭해졌다. 무슨 말을 해도 예전처럼 웃음이 터지지 않았다. 외줄 위에서 걷고 뛰고 온갖 난리를 치던 사람이 땅에 두 다리를 붙일 때 온통 낯선 기분이 드는 것처럼 우리도 그 낯섦 때문에 점점 말을 잃어갔고, 동시에 멀어져갔다. 돌아보면 우리를 가깝게 한 것은 그 자극적인 말이었다.

이제 정규 개그 프로그램에서는 외모나 인종 등을 개그 소재로 삼기를 꺼린다. 많은 시청자가 그런 개그를 불편하게 생각하기 때문이다. 어떤 사람은 이를 두고 개그 프로그램이 몰락한 이유라고 말하기도 한다. 온갖 정치적 올바름이 검열의 기능을 하고 있다는 것이다. 그만큼 개그맨들은 위축되고 개그를 짤 때도 정치적 올바름을 생각하니 엔간해서는 웃긴 상황이 만들어지지 않는다고 말한다. 언뜻 고개가 끄덕여지기도 한다. 남 욕하면서 인생의 즐거움을 얻는 것이 인간인데, 다른 사람과 비교하면서 온갖 우월감을 느끼는 것 또한 인간인데, 개그 프로그램에서 그 자연스러운 과정을 금지하니 얼마나 인간 본성에 왜곡된 방식이란 말인가? 하지만 한편으로는 그 별것 아닌 개그 하나가 어떤 사람들에 대한 이미지를 얼마나 공고히 하는지도 떠올랐다. 외국인 노동자를 대표하는 블랑카가 대표적이다. 나는 아직도 외국인 노동자 하면 말투가 어눌하고 "사장님 나빠요."라고 말하는 사람을 떠올리게 된다. 조선족 하면 "고객님 다, 당황하셨어요?"가 떠오른다. 그들은 멍청하고 바보 같고, 그래, 꼭 '정상적인' 인간이 아닌 것처럼 행동한다. 그것이 웃긴 것이다. 모자라고 부족한 인간들의 고군분투가.

고등학생 때부터 학교에서 웃기다고 소문난 친구를 오랜만에 만났다. 자연스레 옛날이야기가 나왔다. 나는 그 친구와 꽤 친했고, 그 친구가 어떤 식으로 반 아이들을 웃겼는지 기억하고 있다. 한 명을 지정하고, 그 한 명을 '조리돌림'하는 것이다. 깡마르고 머리가 큰 친구에게는 츄파춥스라면서 꿀을 주고 걷는 폼이 장애인 같다면서 웃었다. 친히 재현도 해줬다. 그렇다고 놀림을 당하는 친구가 따돌림을 당하는 친구도 아니었다. 그저 우리 중 하나였다. 타깃은 계속 바뀌었고, 누군가 자존심이 상해 화를 내거나 심각해지면 그것 가지고 또 놀렸다. 온갖모욕에도 웃지 않으면 이상한 사람이 됐다. 왜냐하면 그것은어디까지나 '놀이'였기 때문이다. 그 장난에는 나 또한 동참했고 우리는 모욕을 주다가도 모욕을 당했다. 폭탄 돌리기처럼우리는 틈만 나면 서로를 혐오했다. 친구도 그때를 분명하게기억하고 있었다. 그러고는 그때 왜 그렇게 다른 사람을 공격하며 웃기려고 했는지, 왜 그렇게밖에 할 수 없었는지, 한탄하는 것처럼 말했다. 내가 지금은 다르냐고 묻자, 그 친구는 잠시 고민하더니 지금은 적어도 다른 사람을 공격하면서 웃기려고 들지는 않는다고 했다. 오히려 자기를 타깃으로 삼는다고 했다. 자기를 혐오하면 누구도 다치지 않으면서 웃길 수 있다고 말했다. 나는 속으로 고개를 저으며 "나도 아빠가 없는데."라고 말했던 친구를 떠올렸지만 친구에게는 아무 말도 하지 않았다.

물론 그 누구도 다칠 수 없게 말하기는 불가능에 가깝다. 이 글을 쓰는 나조차도 누군가를 불편하게 할 단어를 쓰고 있지 않은가? 수없이 많을 것이다, 누군가에게 상처가 될 수 있는 말들은. 결국 우리는 모두에게 무해한 사람이 될 수는 없을 것이다. 우리가 할 수 있는 것은 고작 노력이다. 어떻게든 다른 사람에게 상처를 주지 않겠다는 발악이다. 그 발악에 세상은 점점 바뀌는 건지도 모른다. 어떤 사람들은 누구에게도 상처를 주지 않기 위해 노력하고 있다. 그 노력이 쌓여 이제는 문화의 일환이 되고 있다. 수많은 소수자는 자신의 이미지를 새로 구축하고 있다. 더럽혀진 이름을 버리고 새로운 이름을 찾기도 하고, 그 이름을 다시 들리게끔 노력하기도 한다. 이제 아빠 없이 자랐다는 말은 정말 별로 중요하지 않은 일처럼 다뤄지기도 한다. 오히려 혼자 아이를 키우는 사람을 응원하기도 한다.

사람들은 의식적으로 한부모 가정의 자녀도 꽤 괜찮은 사람으로 자랄 수 있음을 인식한다. 그렇게 많은 이야기가 만들어진다. 나도 언젠가는 아빠 없는 게 뭐 어때서, 라고 나 자신에게 말해줄 수 있을 것이다. 나뿐만 아니라 수많은 한부모 가정의 아이들이 아빠가 없는 게, 엄마가 없는 게, 정말 아무렇지도 않은 일처럼 생각할 수 있을지도 모른다. 그렇게 적어도 지금보다 더 나은 세상이 우리 앞에 놓일 것이다. 그렇게 믿고 싶다.

아버지에게 바치는

오래된 편지 3

10월 1일

"당신 때문에."

내가 정말로 당신의 존재를 실감할 때는 엄마의 외로움과 마주할 때다. 당신도 알다시피 엄마는 감정적으로 예민한 사람이다. 그래서 외로움도 쓸쓸함도 잘 느낀다. 특히 혼자 집에서 TV만 볼 수밖에 없는 상황일 땐 더 그렇다. 밖에 나가면 흔한 부부들처럼 엄마가 바라볼 사람이 나 말고 한 명 더 있으면 좋겠다는 생각을 한다. 형도 결혼해서 집에 없는 지금, 엄마는 나만 바라보기 때문이다. 그래서 당신을 탓한다. 당신만 있었더라면, 이 모든 부담이 내게로 가중되진 않았을 텐데, 그래서 내가 엄마의 삶을 책임져야 할 부담을 느끼지 않아도 됐을 텐데. 이 모든 게 당신이 25년 전 갑작스레 사라진 탓이다.

동시에 나는 홀로 우리 형제를 키웠던 엄마를 떠올린다. 엄마는 다 여물지도 못한 우리를 안고 사랑으로 우리를 바라보았다. 아직 우리 형제는 엄마를 바라보기엔 너무 어렸다. 엄마도 분명 당신을 바라봐줄 어떤 이가 필요했을 것이다. 그저 바라보기만 해도 이해되는 것이 있고, 치유되는 것이 있기 때문이다. 나는 그런 엄마를 떠올리면 슬퍼진다. 그래서 한 사람의 삶이 부담스럽게 다가올 때면 두 아이의 삶을 의연하게 바라봤던 엄마를 떠올린다. 그러면 엄마를 바라볼 수 있다.

이제 상황이 바뀌었다. 당신은 무엇을 바라보는가? 그리고 누가 당신을 바라보고 있는가? 나는 당신을 원망 어린 시선으로라도 바라보기에 지쳤다. 우리 가족 모두가 그렇다. 그만큼 시간이 흘러버린 탓이다. 당신은 언제나 고개를 돌리고 다른 것을 보기 때문에 그 어떤 것에게도 구원받지 못할 것이다. 당신은 당신을 구원할 것을 바라보지 않기 때문이다. 당신이 구원받기 위해서는 고개를 돌려야 한다. 하지만 당신은 그럴 생각이 없겠지. 빛이 당신을 비추기만을 기다리고 있겠지. 그 빛은 영원히 당신에게 닿지 않을 것이다. 아마 당신은 그 옛날 당신을 열렬히 바라보던 빛을 생각하고 있을지도 모른다. 그 빛은 찬란했겠지만 지금 당신에겐 무엇이 남았나.

아버지와 내가 닮았다면

어떻게 해야 할까

장래에 글 쓰는 사람이 되고 싶다고 선언한 내게 엄마가 말했다. "다 알겠는데, 엄마는 네가 한량처럼 사는 게 싫어." 엄마는 나를 보고 말했지만, 아빠에게 말하고 있었다. 내 기억에 남아 있는 아빠의 모습은 단 하나뿐이지만, 내가 들은 아빠의 모습은 한 가지가 아니었다. 아빠는 좋게 말하면 아무 걱정 없이 살았다. 그런 아빠를 대신해 엄마는 가족을 부양하는 책임을 떠안았다. 아빠는 일을 해도 금방 싫증을 느끼고 그만두기 일쑤였고, 엄마는 그런 아빠에게 신문의 채용 공고를 오려주었다. 소설 속 뻔한 이야기처럼 아빠는 변하지 않았고 대신 젊었을 때 술집에서 일한 경험을 살려 가게를 차렸다. 그리고 평. 가난으로 널브러진 집을 두고 아빠는 어떤 여자와 함께 사라졌다. 그 이후로 우리 집의 '주적'은 아빠가 됐다. 엄마는 아빠가 연상되는 장면을 보면 아빠 욕을 했다. 사실 욕이라기보다는 사람이 어떻게 그럴 수 있냐는 한탄에 가까웠지만. 가끔 나에게서 아빠의 모습이 보일 때면 엄마는 불같이 화를 내며 아빠 같은 짓 좀 하지 말라고 소리쳤다. 그럼 나는 엄마에게 나는 다르다고, 아빠를 한 번밖에 못 봤는데 닮긴 뭘 어떻게 닮을 수 있겠냐고 말했지만, 가슴 한구석이 쓰렸다.

요새 나는 맥도날드나 스타벅스에 글을 쓰러 간다. 엄마에게는 취업 준비를 한다고 거짓말을 한 채로 말이다. 커피나 햄버거를 주문하고 내가 하는 일은 모바일 게임이다. 그것도 아니면 웹서핑을 하거나 궁금하지도 않은 연예인의 사생활을 훔쳐본다. 가장 중요한 일을 말하지 않을 뻔했다. 〈무한도전〉. 나는 노홍철과 정형돈, 길이 등장하는 2013년의 무한도전을 본다. 노홍철이 웃을 때 드러나는 흰자와 길이 손수건으로 민머리를 닦는 장면, 정형돈이 지드래곤의 패션을 지적하는 행동들에서 웃음이 터진다. 그렇게 웃고 있으면 아무것도 떠오르지 않는다. 먹고사는 문제나 내가 하고 싶은 일이나 그 모든 것에서 자유로워진다. 때로는 이렇게만 살 수 있으면 무엇을 더하거나 뺄 필요가 없겠다는 생각이 든다. 하루에 네 시간 정도만 일하고 그 돈으로 월세와 생활비를 해결하고 남는 시간에는 〈무한도전〉을 보거나 신작 게임을 하거나 새로 나온 영화를 보면서, 그렇게 하루하루를 연명하는 삶도 꽤 좋지 않을까?

나는 만지작거리던 휴대전화를 뒤집고 더 늦기 전에 글을 쓰기로 마음먹었다. 평소 생각날 때마다 적어두었던 글감을 뒤적거렸다. 마땅한 게 없었다. 빨대로 컵 안의 커피를 휘저으며 글감을 생각하다가 엄마의 말이 떠올랐다. "제발 아빠 같은 짓 좀 하지 마." 엄마의 말대로 아빠 같은 짓을 하면 안 된다. 엄마가 묘사하는 아빠의 모습은 흉측하니까. 아빠 이야기를 들으면 온갖 벌레들이 몸에 기어 다니는 것처럼 소름이 끼치니까. 어떻게 그런 사람이 있을 수 있어? 어떻게 그런 쓰레기 같은 사람이 내 옆에 존재할 수 있지? 마음속에 남은 불쾌감을 지우기 위해 잔뜩 아빠를 혐오하다가 문득 깨닫는다. 내가 아빠와 닮았구나. 그도 그럴 것이 나는 꼭 엄마의 이야기 속에 등장하는 아빠처럼 하루를 보내고 있었다.

그 사실을 떠올리는 것만으로 머릿속에 마구니가 낀 것처럼 불쾌해서 머리를 박박 닦아댔지만 나아지지 않는다. 낙인처럼 아빠의 그림자가 내 삶에 스며든다. 이제 내가 책 읽기와 글쓰기를 좋아하는 것도 아빠를 닮은 것이 된다. 취업하지 못하고 빌빌대는 모습이나 남들에게 과시할 만한 자랑거리 하나 없는 내 삶은 '그럴 줄 알았어'가 된다. 그 아빠에 그 자식, 으로 존재하는 나는, 내 이름을 강탈당한다. 사람들은 평범하지 않은 사람을 보면 이유를 찾는다. 누군가 말하지 않았던가. 정체성의 뿌리는 부모에게서 온다고. 온갖 미디어에서 범죄자가 등장하면 그의 이야기를 쫓기 바쁘다. 연쇄살인마는 부모 없이 자랐다든가, 성범죄자는 부모에게 적절한 사랑을 받지 못하고 자랐다든가, 온갖 이야기가 미디어에서 쏟아진다. 댓글 창으로 사람들은 내 저럴 줄 알았다, 언젠가 이렇게 큰 사고를 칠 줄 알았다, 저런 놈은 사형을 구형해서 당장 죽여버려야 한다, 다시는 이 사회에 발을 디디지 못하게 해야 한다는 글이 몇십 개씩 올라올 것이다.

나는 아버지가 부재한 나의 환경을 떠올린다. 만약 내가 살인을 저지르면 미디어에서는 내가 어린 시절 편모 가정에서 불우하게 자랐다고 표현할 것이다. 내 지인들은 어렸을 때부터 내가 폭력적인 성향이 있었다고 인터뷰할 것이다. 심지어 나의 개인 SNS에는 온갖 부정적인 글과 폭력성을 암시하는 글이 있다며 내가 살인을 저지를 수밖에 없는 이유를 갖다 붙일 것이다. 사람들은 저런 놈이 멀쩡하게 돌아다니는 게 끔찍하다고 떠들어댈 것이고, 나를 아는 동창은 댓글로 내가 학창시절에 어땠는지 떠들어댈지도 모른다. 나는 그것들을 보면서 어떤 생각을 할까? 나는 그렇지 않다고, 억울하다며 항변할까? 저것들은 모두 조작됐으며 거짓부렁이라고 소리칠까? 그것도 아니면, 흔히 다른 범죄자들이 그렇게 말하는 것처럼 세상이 먼저 나를 버렸다며 한탄할까?

내 이름을 되찾기 위해서, 그리고 사람들에게 낙인찍힐 빌미를 주지 않기 위해서, 나는 아빠를 닮으면 안 된다. 아니, 아빠가 처음부터 존재하지 않았던 것처럼 아빠에게서 그 어떤 영향도 받아서는 안 된다. 눈이 아빠를 닮았다면 뽑아버려야 하고, 말투가 아빠를 닮았다면 혀를 잘라야 한다. 아빠처럼 시간을 날리는 손가락이라면 잘라버려야 하고, 아빠처럼 어떤 길도 걷지 않을 바엔 두 다리를 잘라버리는 게 낫다. 그렇게 하나둘 잘라낸 내 몸뚱어리가 기어코 아빠를 닮았다면 그냥 죽어버리는 게 나을 것이다.

여기까지만 하자. 인정하고 싶지는 않지만 나는 엄마가 묘사하는 아빠와 닮았다. 정확히 아빠가 어떤 사람인지는 모르겠지만 엄마의 말대로라면 한 줄로 요약할 수 있다. 책임감 없는 사람. 고개를 끄덕일 수밖에 없다. 나는 다른 사람보다 책임감이 없는 편이다. 또 게으른 사람이다. 맡은 일이 있어도 제대로 수행하지 못하고, 다른 사람보다 뛰어난 점도 많지 않아 변변찮은 인간이다. 대학을 졸업한 지 2년이 다 되도록 백수로 지내고 있고, 그다지 취업할 의지가 생기지도 않는다. 그저 하루에 네 시간 정도 일하면서 굶어 죽지 않을 정도로만 일하고 싶다. 남는 시간은 나를 위해 쓰고 싶다. 글을 쓰기도 하고, 게임을 하기도 하고, 드라마를 보기도 하고, 친구를 만나기도 하는, 뭐 그런 시간 있지 않은가. 나는 거창한 게 싫다. 일자리를 구할 때도 원칙이 하나 있다면 책임질 일이 적은 것이 1순위다. 책임질 일이 많아 피곤한 일은 하고 싶지 않다. 그 일이 나를 가치 있게 만드는 일이라면 이야기가 다르겠지만, 나는 노동에서 내 삶의 의미를 찾고 싶지 않다.

어떤 사람은 내가 결손 가정에서 자라 제대로 된 가치관을 발달시킬 기회가 없었기 때문에 이런 생각을 가지게 된 것이라며 딱하게 나를 볼지도 모르겠다. 또 어떤 사람은 내가 아버지의 권위를 경험하지 못했기 때문에 남자답지 못한 생각을 가졌다고 말할지도 모른다. 그 사람은 남자로 태어났으면 야망을 품고 살아야 한다고 말을 덧붙일 것이다. Boys, be ambitious! 사실 다 실제로 들어본 말이다. 사람들은 쉽게도 다른 사람에게 조언을 내뱉는다. 그 조언이 어떤 사람의 세계를 근본부터 뒤흔들 수 있다는 사실을 외면한 채 말이다. 또한 조언이 갖고 있는 어쩔 수 없는 위계는 조언받는 사람의 추락을 영속화한다. 그 추락에서 벗어나고 싶지만 어찌 인간이 중력을 이겨낼 수 있겠는가?

어떤 친구는 자신의 잘난 윤리의식을 뽐내며 내게 말했다. "너는 위험한 생각을 하고 있다. 그런 생각을 다시는 하지 말고 나처럼 윤리적인 생각을 해라!" 또 어떤 친구는 말했다. "너는 다른 사람을 배려하지 않는구나, 앞으로는 다른 사람을 배려하면서 살도록 해라!" 그가 덧붙이길, "다 너를 위해서 하는 말이니 새겨듣도록 해라!" 애인은 내게 말했다. "당신은 너무 불안해, 어디로 튈지 모르겠다고, 나는 그게 싫어. 고쳐줬으면 좋겠어." 친구들도 이때다 싶어 몰려와 소리친다. "고쳐라! 고쳐라! 네 삶의 모든 것을 뜯어고쳐라! 그렇게 새사람으로 거듭나라!" 그런 말들을 듣다 보면 나는 한없이 추락하고, 또 추락하다 비명도 잊은 채 눈을 질끈 감는다. 모든 것이 그칠 때까지.

그 말들이 뒤흔든 나의 세계는 여전히 진동하고 있다. 나는 무엇이 해답인지도 모른 채 알 수 없는 불안에 휩싸인다. 나라는 인간은 지금 정상이 아니기 때문에 어떻게든 정상의 삶을 되찾아야 한다는 강박에 시달린다. 와중에도 자기혐오는 계속돼서 나는 왜 이럴까, 왜 이렇게밖에 할 수 없을까, 그 모든 말들을 나는 왜 극복할 수 없을까, 탓하고 탓하며 또 탓한다. 다시 눈을 질끈 감고, 기다리고, 기다리고, 또 기다린다. 아무 소리도 들리지 않을 때까지. 그리고 찾아오는 축축한 어둠 속에서, 그 조용한 곳에서 내가 마주하는 것은 죽음이다. 죽고 나면 모든 것이 사라질지도 모른다는 그 안도감 때문에, 나는 하루에도 몇 번이고 죽음을 생각한다.

내 20대는 그 어둠 속에서 나를 뜯어고치려 노력하고 또 노력했던 시간이다. 하지만 10년의 세월 동안 나는 변하지 않았다. 내 겉모습은 다른 사람들이 만족할 정도로 안정됐어도 나의 세계는 여전히 들끓었다. 나의 추락도 끝나지 않았다. 아버지라는 족쇄는 내 발목에 알짱거렸으며 엄마는 그의 유죄 판결을 결코 철회하는 일이 없었다. 그러다 너무 지쳐서 모든 것을 놓아버렸다. 좁은 방 안에서 꼼짝도 하지 않았다. 그 좋아하던 담배도 이때 끊었다. 담배를 태우려면 집 밖으로 나가야 하는데 도저히 집 밖으로 나갈 수 없었다. 그럴 마음이 들지 않았다. 친구도 만나지 않고, 취업 준비도 하지 않고, 어떤 생산적인 일도 하지 않고 침대에 누워 있었다. 포근한 이불 속에서 내가 바라던 그 죽음을 누렸다. 그리고 그제야 나는 나를 보았다. 누군가의 언어로 덧칠된 내가 아니라 그저 누워 있을 뿐인 나를 말이다.

내가 이 글을 쓰고 있는 이유는 나와 같은 사람에게는 다른 이의 무자비한 편견 속에서 스스로를 지킬 언어가 없기 때문이다. 나를 표현할 수 없으니 말들의 파도 위에서 위태롭게 서 있는 꼴이다.

나는 아빠가 아니다. 엄마도 아니고 형도 아니고 애비 없이 자란 후레자식도 아니고 편모 가정의 불우한 결과물도 아니다. 나는 그저 나다.

오랫동안 이 말을 하고 싶었다.

나는 아빠를 닮지 않았어요, 나는 애비 없이 자란 후레자식이지만 그래도 꽤 괜찮은 사람이에요, 한부모 가정이긴 하지만 화목하게 자랐고 앞으로 당신에게 어떤 해도 끼치지 않을 거예요, 이런 말들 말고.

"나는 나예요, 당신이 말하는 그 모든 명사에 나는 없어요. 나는 오롯이 나예요. 나를 규정하지 마세요. 당신의 섣부른 판단으로 나를 재단하지 마세요. 그러니까 애비가 있든 없든, 내가 돈이 있든 없든, 야망이 있든 없든, 엄마가 있든 없든, 결혼을 하든 말든, 나는 그냥 나라고요!"

그간 나를 설명하는 데 너무나 많은 증명을 해야 했다. 나는 그저 나일 뿐인데, 그 어떤 것도 이 사실을 증명할 수 없을 터인데, 나는 불가능한 것을 붙들고 평생을 살아왔다. 내가 아버지와 닮았다는 사실은 나에 대해서 아무것도 말해주지 않는다.

그 누구의 잘못도

아니야

독서 모임에서 메타버스 관련 책을 주제로 이야기하다가 세대 이야기가 나왔다. MZ세대는 어떻고, X세대는 이렇고, 386세대는 저렇고……. 더는 듣기가 힘들어서 "저는 세대론을 거부해요."라고 말했다. 화상 회의였는데도 사람들이 당황한 게 느껴졌다. 그 적막 속에서 나는 세대에 관한 평소의 생각을 이야기했다. 세대론은 어떤 개인도 표현할 수 없다. 오히려 그 세대론은 폭력적으로 개인을 규정해 그 개인에게 씻을 수 없는 낙인을 찍는다. 세대론이 유용한 것은 오직 마케팅뿐이다. MZ세대를 위한 MUST HAVE ITEM이 그것이다. 마케팅은 우리에게 같음을 강요하며 다름을 배제한다. 그러니 세대론으로 어떤 세대를 이해하려는 것은 무용할 뿐만 아니라 유해하다.

그런 주장을 모니터 너머 사람들에게 열과 성을 다하며 이야기했다.

그때 모임원 중 하나가 말했다. 만약 그렇다고 해도 세대의 경향성은 있지 않습니까? 나는 그 경향성이 세대에 의해 정해지지 않는다고 말했다. MZ세대라고 내가 MZ세대스럽게 행동할 이유가 없다는 것이다. 오히려 경향성은 자신이 속한 준거 집단에 의해 결정된다고 말했다. 내가 어떤 사람을 만나고, 오늘 어떤 사람의 이야기에 귀를 기울이냐에 따라서 내 행동과 말이 달라진다는 것이다. 하지만 그는 내 대답에도 납득하지 못하는 눈치였다. 그리고 나도 그랬다. 어딘가 부족했다. 그의 말처럼 세대가 공유하는 문화 속에서 어떤 가치관이 피어나지 않았을까? 그리고 그것이 그가 말했던 어떤 경향성이 아닐까?

어렸을 때 나의 꿈은 국회의원이었다. 왜 대통령이 아니었는지는 모르겠지만, 어찌 됐든 좀더 나은 세상을 만들길 꿈꿨다. 당시 나에게 더 나은 세상이란 가난한 사람이 고통받지 않는 사회였다. 가난이 사람의 존엄을 해치지 않기를 바랐다. 가난해서 멸시받지 않고, 가난해서 절망하지 않고, 가난해서 꿈을 포기하지 않고, 가난한 것이 그의 존재가 되지 않는 사회, 그러니까 가난할 순 있지만 그게 전부가 되진 않는 사회가 내가 생각하는 더 나은 세상이었다. 나는 가난한 사람을 지켜주고 싶었고, 가난한 사람을 지켜주기 위해서는 나처럼 가난한 사람이 힘 있는 국회의원이 되어야 한다고 생각했다. 그러면 세상이 바뀔지도 모른다고, 순진하게 생각했다.

내가 열아홉 살 때 〈레미제라블〉이 뮤지컬 영화로 나왔다. 가족과 영화관에 가서 영화를 보는데 나는 엔딩 크레딧이 끝날 때까지도 울고 있었다. 도저히 눈물이 멈추지 않았다. 그날 찍은 사진이 있는데 눈이 어찌나 부었는지 안쓰러울 정도였다. 내가 좀 진정이 되자 엄마와 형은 진심으로 궁금해했다. 이 영화가 이렇게 오열할 정도의 영화인가? 당시의 나도 정확하게 내가 왜 울었는지 알 수 없었다. 그저 뮤지컬 영화이니 노래가 나와 내 감정을 자극했다고 생각했다. 더 시간이 지나고서는 내가 더 나은 세상을 꿈꿨던 것이 그 눈물의 의미가 아닌가 생각했다. 〈레미제라블〉에서도 많은 인물이 더 나은 세상을 꿈꾸다 처절히 실패하기 때문이다. 아마 나는 그 혁명과 그리고 그 처절한 실패에서 어떤 것을 느낀 것은 아니었을까. 일정 부분 맞는 말이다. 나는 영화를 보면서 더 나은 세상에 대한 열망을 더 키웠다. 그리고 지금 우리가 누리고 있는 삶이 얼마나 많은 실패의 누적 끝에 세워졌는지 알 수 있었다. 그러니까 그 하나하나의 실패가, 금방 우리 머릿속에서 잊히고 마는 그 실패가, 얼마나 숭고했는지, 또 얼마나 가치 있는 일인지 느껴져서 눈물을 흘렸다. 그것도 말이 된다.

대학교에 들어와서는 노동 문제에 관심을 가졌다. 〈레미제라블〉속 혁명의 모습과 노동조합의 투쟁이 겹쳐 보였다. 그리고 어떤 이에게 손가락질받는 그들의 삶이 너무나 안타까웠다. 나는 노조의 투쟁을 돕기는커녕 그들에게 욕하는 사람들을 보며 도대체 저 사람들은 왜 저렇게까지 행동하는지 이해할 수 없었다. 심지어 힘 있는 사람이 노조를 강제로 해산시키는 모습을 보며 그런 의문은 더 커졌다. 왜 이 세상의 악은 점점 커지기만 할까? 그러니까 그때는 내게 선과 악이 존재하는 시기였다. 착한 사람들이 있고, 그들을 탄압하는 나쁜 사람들이 있는 시기. 그러다 아는 선배의 권유로 정치적인 갈등을 겪고 있는 단체가 운영하는 프로그램에 참여했다. 그 단체는 내가 잘 모르는 단체였다. 그래서 나는 그들이 왜 이렇게까지 싸우는지 이해할 수 없었다. 물론 프로그램 때마다 그들은 자신들이 왜 싸우고 있는지, 정부는 무엇을 잘못하고 있는지 말했지만, 나는 그 말을 신뢰할 수 없었다. 다른 쪽의 이야기를 듣지 않았기 때문이다. 나는 선배와 단체에 양해를 구한 뒤에 생각할 시간을 가지기로 했다. 이 단체가 싸우는 문제는 노조 문제와는 다르게 누가 잘못한 것인지 분명하지 않았다. 내가 생각하기에 그 노조는 정말 부당한 일을 당했고, 그 부당한 일에 대한 책임을 지라고 요구하는 과정에서 탄압을 당하는 것이었다. 그런데 이 단체에서 주장하는 것은 어떻게 보면 옳은 듯 보이나, 또 어떻게 보면 잘못된 것처럼 보였다. 결국, 나는 생각하기를 포기하고 그 단체에서 떠났다.

그다음은 페미니즘에 관심을 가졌다. 2016년 이후로 페미니즘 독서 모임을 시작했다. 페미니즘 서적과 모임원이 들려주는 생생한 삶의 경험 덕분에 지금까지 내가 얼마나 여성의 삶에 대해 무지했는지, 그리고 또 얼마나 많은 편견이 있는지 알게 됐다. 그중 가장 충격적인 사실은 모성애에 대한 환상이었다. 정희진의 〈페미니즘의 도전〉을 읽으면서 엄마가 어떠해야 한다는 말이 얼마나 폭력적일 수 있는지 알았다. 그리고 급진적인 페미니즘을 주제로 공부할 때는 얼마간 혼란스럽기도 했다. 그들의 어떤 의견은 이해가 가면서도 이해가 힘들었다. 아주 공격적인 미러링이 그러했는데 그 공격의 맥락을 알고 있으니 그들의 공격을 응원하고 싶다가도 그 언어들에 고통받는 사람이 있다면 그 입을 막아버리고 싶었다. 나는 잠재적 범죄자라는 말에 불쾌해하는 사람들 앞에서는 완연한 페미니스트였다가, 페미니즘 독서 모임 안에서는 반(反)페미니스트에 가까워지는 일이 반복됐다. 점점 더 나를 어떤 사람이라고 표현하기가 어려워졌다.

그런 혼란 속에서 페미니즘보다는 성소수자 이야기에 귀를 기울이기 시작했다. 페미니즘을 공부할 때와 마찬가지로 그동안 내가 얼마나 성소수자에 대해 오해하고 있었는지, 내 안에 얼마나 많은 편견이 도사리고 있는지 알았다. 공부하기 전에는 기본적인 성정체성과 성지향성의 차이도 알지 못했고, 내가 알고 있는 소수자라고 해봐야 게이나 레즈비언, 트렌스젠더가 끝이었다. 마침 나도 나의 성정체성을 잘 모르겠어서 스스로 퀘스처너라 라벨링하고 내 성정체성이 무엇인지 진지하게 고민하기도 했다. 또한 LGBT와 관련한 글을 연재하면서 다른 사람도 성소수자에 대한 편견과 차별을 멈출 수 있기를 바랐다. 하지만 어떤 사람은, 그들이 긍정하고 부정할 것이 아닌데도, 성소수자에 대한 과도한 혐오를 드러냈다. 나는 얼마간 그런 사람을 있는 힘껏 욕하다가 그런 사람도 나름의 사정이 있다는 사실을 알게 되기도 했다.

세상을 알아가면 알아갈수록 모르는 것투성이였다. 더 나은 세상을 만들겠다고 다짐했건만 더 나은 세상이 무엇인지조차 잘 모르는 상태가 되었다. 누구나 다 사정이 있고, 억울하지 않은 사람이 없었다. 내가 응원했던 노조의 이면엔 무엇이 도사리고 있을지 모르고, 그들을 탄압했던 대상은 정말로 정의를 이룩하고자 했던 어떤 인물일지도 모른다. 정부와 싸웠던 그 이름 모를 단체는 결국 와해했다. 그들이 했던 일은 무엇일까. 정의라고 이름 부를 만한 것일까. 페미니즘은 여전히 사회의 화두이고, 남성과 여성의 갈등도 약해질 기미가 보이지 않는다. 페미니즘 쪽에 서 있는 사람도, 그 반대편에 서 있는 사람도 저마다 목소리를 높인다. 정치는 또 어떤가. 여당과 야당의 이야기는 언제나 충돌하지만, 그들은 모두 자신이 옳다고 한다. 우리 모두에게는 각자의 이야기가 있고, 그 사람에게 가 그 이야기를 들으면 모두 그럴듯하다.

나는 왜 다른 친구들과 다르게 노동 문제나 페미니즘, 성소수자, 정치 문제 등에 관심을 가졌을까? 나도 잘 설명할 수 없었다. 그저 그런 이야기에 시선이 갔다. 공부해야겠다는 생각을 했다. 이런 질문을 받을 때면 막연히 다른 사람보다 약자에 대한 감수성이 뛰어나서 그러겠거니 싶었다. 그런데 아니었다. 모두 나 때문이었다. 다른 사람을 위한 배움이나 운동이 아니었다. 나 스스로 그 애비 없는 후레자식이라는 편견에 저항하기 위해서였다. 나에게 쌓인 수많은 편견을 지우기 위해 내 안의 편견부터 지우면서 배우기로 한 것이다. 어떻게 하면 이 지긋한 편견 어린 시선에서 벗어날 수 있을지 말이다. 물론 우리가 모두 같은 처지에서 고통받는 존재라는 연대 의식도 있었다. 그들의 아픔에 공감이 가고, 그들의 삶을 측은하게 생각했다. 그들의 일이 꼭 내 일처럼 느껴졌다. 나는 감수성이 뛰어났던 것이 아니라 정말로 그 편견 어린 시선을 나 자신이 지독하게 느끼고 있었기 때문에 그들의 고통에 감응할 수 있었다.

모든 시작은 〈레미제라블〉이었다. 나는 괴물이라고 낙인찍힌 한 인간이 다시 태어나는 모습을 보았다. 그리고 악의 구렁텅이 속에서 모든 악을 처단하겠다고 결심하는 인간과 이 세상을 바꾸겠다며 소리치는 인간의 피, 그 모든 과정에서 상처받는 어린 영혼을 보았다. 〈레미제라블〉 속에는 내가 겪었던 삶의 모순이 담겨 있다. 그들 모두가 옳다는 것, 이들 모두가 각자의 신념에 따라 최선을 다하고 있다는 것, 그래서 그 누구도 미워할 수 없다는 것. 하지만 그때에도 일시적인 정의는 집행되어야 하고, 그 속에서 누군가는 영원히 가라앉는다. 그리고 그것은 인간이 존재하는 한 지속될 것이다. 무거운 바위를 산 정상으로 밀어 올리는 형벌은 시시포스만의 것이 아니다. 우리는 모두 부조리의 늪에서 쉽게 빠져나올 수 없다.

이때부터 아버지를 증오하는 것을 관뒀다. 남 탓도 멈춰버렸다. 세상에는 누군가의 탓처럼 보이지만 누구의 탓도 아닌 일이 너무나도 많다. 오랫동안 아버지가 내 삶을 망쳤다고 '믿었지만' 그것은 정말 사실일까? 아버지는 나에게 아무것도 하지 않았다. 나를 구석으로 내몬 것은 그 누구도 아닌 나였다. 그렇다면 구석에서 울고 있는 아이가 내 가슴속에 여전히 남아 있는 것은 내 탓인가? 영화 〈굿 윌 헌팅〉에 나오는 명대사(It's not your fault)처럼 그것은 내 탓이 아니다. 내 잘못이 아니다. 그렇다면 나에게 폭언을 했던 순간의 엄마 탓인가? 그렇다면 내 친구들? 그래, 그 누구의 탓도 아니다. 나는 누구의 탓이되기에는 너무나 복잡한 인간이다.

세대론도 마찬가지다. 어떤 세대의 의미가 한 개인을 담기에는 그 개인은 너무나도 크다. 인간을 만들어내는 수많은 기억과 생각, 행동이 그 사람을 정의한다. 적어도 그 사람은 한 줄의 정의로 설명될 수 없을 것이다. 만약 그 설명이 무한히 늘어나도 그것은 마찬가지다. 이 세상에 존재하는 어떤 명사도 한 사람을 표현할 수 없다. 그래서 고유명사가 필요하다. 한 개인을 온전히 설명할 수 없어 그저 구별하기 위하여 고유의 기호를 붙인 이름 말이다. 물론 앞서 말한 것처럼 이러한 노력은 아무런 의미도 없다. 우리는 여전히 편견 없이는 살아갈 수 없으며 숨 쉬는 것만으로도 누군가에게 상처가 되는 삶을 살아갈 테니까.

그런데도 나는 '후레자식'이라는 명사가 아니라 '고아롬'이라는 고유명사로 불릴 수 있기를 바란다. 노조라는 이름 뒤에 가려진 그 이름을, 그 사람을 보길 원한다. 어떤 집단이 그 사람을 말해주는 삶이 아니라, 그 사람의 행동과 말에서 나오는 그 삶을 보길 원한다. 어떤 이론에 가려진 당신 말고, 그저 당신을 보고 싶다. 그리고 무엇보다 나 자신이 편견 어린 시선으로 이 세상을 바라보길 멈추고 싶다. 사건 너머 그 사람의 삶을 생각하고, 또 상상하면서 그가 그럴 수밖에 없었던 그 이유에 그와 함께 도달하고 싶다. 그것이 그에게 아주 작은 구원이 되기를 바라면서, 이 세상을 구할 거대한 구원보다는 작은 구원을 바라며 살겠다. 이 모든 것이 겉만 번지르르한 약속이 아니라 인식의 전환이자 편견의 저항이 될 수 있기를 바란다. 그렇게 아주 조금이나마 나와 너를 위한 삶을 살고 싶다. 멍청한 바람일까? 의미 없는 발악일까?

이기호 작가는 소설집 〈김 박사는 누구인가?〉 작가의 말에서 "이제 겨우 타인에게로 눈을 돌리기 시작한 느낌이다"라고 말한다. 그 말이 오랫동안 기억에 남았다. 나 역시 다른 사람에게는 관심이 없고 나 자신밖에 모르는 인간이기 때문이다. 여전히 내 시선은 나에게 향한 채이지만, 적어도 머릿속에서는 다른 사람을 생각하고 있는 듯하다. 그리고 오랜 시간 붙잡아두었던 아버지의 망령도 이제는 놓아주고 싶다. 태어나자마자 버려졌다는 생각, 그 두려움, 태어나지 말았어야 하는 후회, 나는 아무것도 하지 못할 것이라는 절망감, 절벽에 위태롭게 서 있는 나를 밀어버리고 싶었던 자기혐오, 그 모든 것… 사랑받기 위해 애쓰고 애썼던 나의 안쓰러운 기억들……. 그것들도 이제는 제자리를 찾아갈 수 있기를.

그 애비 없는 후레자식이
살아가는 법

멍하니 침대에 누워 천장만 보고 있던 날, J에게서 전화가 왔다. 지금 뭐 해. 아무것도 안 하는데. 내일 뭐 해. 아무것도 안 할 건데. 그럼 무전여행이나 가자. 무전여행? 입으로 뱉어 보려 해도 금방 튕겨 나가는, 그만큼 낯선 단어였다. 게다가 주위에 무전여행을 간 사람도 없었고, 평소 무전여행에 대한 낭만이 있는 것도 아니어서 별다른 흥미가 생기진 않았다. J는 우리가 언제 무전여행을 해보겠냐고 설득했다. 그래, 가보자.

우리는 다음 날 아침에 만났다. 별다른 의미 없이 무전여행의 목적지를 정했다. 엄마와 아빠의 고향인 산청, 중학교 때 이후로 가본 적 없는 미지의 땅이었다. 우리는 양재 나들목 근처에서 박스를 찾아다녔다. 드라마처럼 엄지손가락을 드는 건

엄두가 나지 않아서 종이 박스에 글귀를 적어 팻말을 만들 생각이었다. 박스를 구하고 우리는 근처 공원에 앉아 어떤 문구를 쓸지 고민했다. 산청으로 가는 차가 있으리란 생각은 들지 않았다. 그렇다고 어떤 도시를 적기도 애매했다. 산청은 경남이잖아? 그럼 남쪽으로 가달라고 할까? J가 말했다. 옳다구나, 나는 '남쪽으로 가고 싶어요.'라고 적었다.

우리는 팻말의 글귀가 보이지 않게 팻말을 몸 쪽으로 들고 양재 나들목 진입하기 전 도로로 갔다. 널쩍한 갓길이 있어 그곳에서 첫 히치하이크를 하기로 했다. 그런데 막상 히치하이크하려고 하니 도저히 용기가 나지 않았다. 우리는 가위바위보를 했다. 진 사람이 먼저 팻말을 들기로 한 것이다. 나는 가위바위보 하나는 잘했다. 결국 J가 처음으로 팻말을 들고 갓길 구석에 섰다. 나는 손을 더 높이 들라고 말했다. 팻말을 들고 있는 J를 휴대전화로 찍었다. 그러면서 우리는 자꾸만 웃음이 나서 크게 웃었다.

한참을 J가 서 있었지만 차는 멈추지 않았다. 나는 내 차례가 왔음을 직감했다. J에게 다가가 이제 내가 하겠다고 말했다. 분명 팻말을 만드는 순간까지는 재밌었는데 막상 팻말을 들고 갓길에 서 있어야 하니, 심장이 미친 듯이 뛰었다. J에게서 팻말을 받았지만, 도저히 들 생각이 들지 않았다. 나는 어느새 웃음기도 잃어버리고 J에게 못 하겠다고 말했다. J는 나 대신 팻말을 들어주었다. 부끄러운 마음이 머리끝까지 차올랐지만 차마 내가 하겠다고 말할 수 없었다.

그렇지만 언제까지고 J에게만 맡길 수 없는 노릇이었다. 나는 다시 J에게 다가가 내가 해보겠다고 말했다. 처음으로 팻말을 높이 들고 갓길에 섰다. 내 앞으로 차들은 빠르게 지나갔다. 차 안의 운전자는 갓길에 사람이 뭔가를 들고 서 있으니 궁금해 쳐다봤을 것이다. 하지만 그들의 시선이 어떠하든, 그들의 시선은 화살처럼 나에게 꽂혔다. 영화에서 화살에 온몸이 꿰뚫린 사람을 연기할 수 있다면 최고로 잘할 자신이 있을 정도로, 그 시선은 내게 큰 위협이었다. 과연 저 사람들은 나를 뭐라고 생각하고 있을까?

J와 술집에서 2,900원짜리 얼음 황도와 3,500원짜리 막걸리를 시켜놓고 밤새도록 사람들의 시선에 관해 이야기한 적이 있다. J는 사람들의 시선 때문에 입고 싶은 옷도 입지 못한 적이 있다고 말했다. 나도 멜빵바지가 늘 입고 싶었지만, 사람들의 시선 때문에 시도하지도 못했다고 말했다. 우리는 서로 얼마나 눈치를 보며 사는지 대결하듯 늘어놓다가 문득, 이제는 시선에서 벗어나고 싶다고 생각했다.

하지만 그게 어디 쉬운 일인가. 세상엔 눈치 볼 일이 한두 가지가 아니다. 집에서는 가족이 바라는 '나'에서 벗어나는 순간, 학교에서는 평범함에서 벗어나는 순간, 직장에서는 상사가 제

시하는 세계에서 벗어나는 순간, 그뿐이랴, 인스타그램에 '노브라'인 채로 사진을 올리는 순간, '드랙 퀸'이 길거리에 나타나는 순간, 우리는 서로의 감시자가 된다. 사람들의 시선이 낙인처럼 이마에 찍혀버린다. 그렇지 않은 사람도 있을 테지만, 나와 J는 그 시선이 견딜 수 없이 가려웠다.

자동차 안 눈동자가 움직이는 게 보였다. 그들은 앞을 보다가 나랑 가까워질수록 나를 바라보기 시작했다. 나는 그 시선에 눈이 멀어버릴 것 같아서 눈을 감았다. 눈을 감고 심호흡을 하니 심장이 천천히 뛰기 시작했다. 슬며시 눈을 떴다. 차들은 여전히 빠른 속도로 지나가고 있었고, 그들의 시선이 내 이마에 글자를 쓰기 시작했다. "ㅋㅋㅋ" 그래도 나는 팻말을 들고 있었다.

얼마나 시간이 흘렀을까. 이제 교대를 해도 좋지 않을까, 속으로 그런 생각을 하고 있을 때쯤 멀리서 소리가 들렸다. 소리가 들린 쪽을 바라보니 한 남자가 멀리서 차를 갓길에 세운 뒤 우리를 향해 손짓하고 있었다. 우리는 약속이라도 한 듯 팻말과 짐을 챙기고 남자를 향해 달려갔다. 한 발을 내디딜 때마다 시원한 바람이 내 몸을 스쳤고 절로 눈을 찌푸리게 만든 햇빛은 성스러운 빛이 되어 우리를 비췄다. 기분이 끝내줘서 어디 소리라도 지르고 싶었지만 꾹 참았다. 대신 온몸을 흔들며 달려갔다. 남자는 웃으며 우리를 맞이했고 어서 타라고 했다. 순

183

간 멈칫했지만 별일 있겠나 싶어 차에 탔다.

　남자는 흰색 와이셔츠에 검은색 정장 바지를 입고 있었다. 남자는 흰머리가 많은 편이었고 검버섯과 주름이 가득하지만 까무잡잡한 피부가 어딘가 억척스러워 보이는, 어디서나 볼 수 있는 그런 아저씨였다. 평소 같았으면 중년의 아저씨를 어딘지 모르게 불편하고, 또 편견이 가득한 시선으로 바라봤겠지만, 우리는 신이 나서 조잘조잘댔다. 아저씨에게 태워주셔서 감사하다거나 아저씨가 처음으로 우리를 태워줬다거나 잊고 있었다는 듯 우리가 누구인지, 어디로 향하는지 말한다거나, 그런 말들 말이다. 우리는 아저씨가 우리의 오랜 친구라도 되는 것처럼 굴었다. 아저씨도 호탕하게 웃으며 우리를 받아주었다. 아저씨가 말하길, 갓길에 서 있는 우리를 보니 자신의 젊었을 때가 생각났단다. 아무것도 가진 게 없던 시절에 젊음 하나 믿고 무엇이든 도전했던 시간, 우리는 아저씨의 이야기를 들었다.

　아저씨는 용인까지 간다고 했다. 우리는 어디든 좋다고 했고, 아저씨의 이야기가 끝나갈 때쯤 차는 로터리를 빠져나와 용인 시내로 향했다. 그런데 아저씨가 대뜸 유턴하더니 한 순댓국 가게 앞에 차를 댔다. 아저씨는 우리에게 밥이나 먹고 가라고 말하며 차에서 내렸다. 우리는 이런 전개는 여행을 계획할 때 예상도 하지 못해서 어벙한 얼굴로 가게로 들어갔다. 한

좌식 테이블에 앉아 메뉴만 멀뚱히 쳐다보고 있으니 아저씨는 계산대로 가 순댓국 두 그릇과 머릿고기 한 접시를 계산했다. 그러고는 다시 우리에게 와서, 같이 먹으면 좋겠지만 자신은 시간이 없어 가봐야 한다고, 든든하게 먹고 가라고 말했다. 우리는 벌떡 일어나서 감사하다고, 정말 감사하다고 몇 번이나 인사하고는 차를 타고 떠나는 아저씨를 끝까지 배웅했다. J의 손에는 아저씨의 명함이 들려 있었다.

우리는 다시 순댓국 가게로 들어와 순댓국을 기다렸다. 술도 안 마셨는데 얼굴이 벌겋게 상기돼서 이 엄청난 일을 떠들어댔다. 정말 우리가 히치하이크에 성공한 것도 모자라서 밥도 먹게 됐다고, 이게 현실에서도 가능한 이야기구나, 정말 하면 되는구나, 무엇보다 아무것도 따지지 않고 우리에게 호의를 베푼 아저씨에게 감사하다는 이야기를 했다. 우리는 그때까지도 신이 나서 무엇이든 할 수 있을 것 같은 기분이었다. 때마침 순댓국과 머릿고기가 나왔다. 양념된 새우젓을 머릿고기에 올려 한입 먹는데 조금만 더 자극하면 금방이라도 눈물이 터질 정도로 행복했다. 그건 J도 마찬가지였는지 연신 싱글벙글 웃었다.

물론 순댓국 가게를 나서고 다시 길 위에 덩그러니 놓인 순간, 우리는 다시 팻말을 들어야 했다. 처음보단 나았지만 달리 말하면 그게 끝이었다. 눈들은 여전히 나를 향했고, 나는 그 비

웃음을 감당해야 했다. 내 얼굴에서 웃음기는 사라졌고, 희망을 품었던 마음은 거짓말처럼 가라앉았다. J와 내가 번갈아 팻말을 드는 동안 날은 어둑해졌다. 시간이 더 지나면 우리의 팻말은 보이지도 않을 것 같았다. 나는 팻말을 든 채 J에게 더 어두워지기 전에 오늘은 이만 접는 게 어떠냐고 물었다. 사실 어둠보다는 이 팻말을 드는 행위에서 도망치고 싶었다. 애타는 내 물음에도 J는 단호했다. 완전히 어두워지기 전까지 해보자고 했다.

J와 코가 삐뚤어지도록 술을 마신 후 동묘 벼룩시장에 갔다. 그곳 상인들은 길바닥에 돗자리 하나를 깔아놓고 그 위에 옷을 쌓아 동산을 만들어 놨다. 그리고 동산을 휘휘 돌면서 한 장에 천 원이라며 뱃심으로 호객행위를 하고 있었다. 나중에 알고 보니 옷으로 만든 그 동산을 사람들은 '옷무덤'이라고 불렀다. 나는 그 표현이 꽤 마음에 들었는데, 실제로 옷이 한 번 죽은 장소라는 생각이 들었기 때문이다. 사람들이 그 '옷무덤'에서 옷을 고르는 순간, 그 옷은 죽음에서 벗어나 부활하는 것이다. 새로운 어떤 것으로. 나는 그런 무덤이라면 몇 개라도 있으면 좋겠다고 생각했다.

J와 온종일 옷무덤을 헤치며 마음에 드는 옷을 찾으면서 우리는 각자 어떤 스타일의 옷을 좋아하는지 알게 됐다. 나는 화려하고 어딘가 키치스러운, 이른바 복고풍의 옷을 좋아했다. J

는 단정하면서도 품이 넓고 개성이 드러나는 옷을 좋아했다. 가끔은 옷무덤에서 꺼낸 옷이 둘 다 마음에 들어서 한 옷을 들고 싸우기도 했다. 가위바위보 끝에 결국 내가 갖게 되었다. 그리고 우리가 동묘 벼룩시장에 오게 된 이유, 바로 멜빵바지도 찾았다. 멜빵바지는 옷무덤에 있지 않고 매장 안쪽 벽면에 걸려 있었다. 가격은 이만 오천 원. 생각보다 가격이 나갔다. 다른 멜빵바지도 비슷한 디자인에 비슷한 가격이었다. 우리는 결국 멜빵바지는 사지 않기로 했다. 가격보다는 디자인이 마음에 들지 않았다.

대신 우리는 인터넷을 뒤지기 시작했다. 인터넷은 동묘보다 가격은 비쌌지만 디자인이 다양했다. 그리고 생각보다 많은 사람이 멜빵바지를 입는다는 사실도 알게 됐다. 남녀노소를 가리지 않고 그들은 자신을 표현하기 위해 멜빵바지를 택했다. 그것이 생각보다 큰 위안이 됐다. 동시에 내가 옷 입는 것에 대한 편견이 있다는 것을 알았다. 멜빵바지를 입어야 할 사람이 정해져 있다고 생각했던 것이다. 나는 그런 편견을 딛고 한번 도전해보기로 했다. J는 인터넷 쇼핑몰에서 마음에 드는 멜빵바지를 발견했다. 초록색 멜빵바지였는데, 활동적인 성격의 J와 잘 어울렸다. 나도 마음에 드는 멜빵바지를 중고로 구입했다. 내가 원했던 키치스럽고 촌스러운 청색 멜빵바지였다.

그때, 팻말을 들고 있는 내 앞으로 검은색 승용차 하나가 멈쳤다. 조수석의 창문이 내려가더니 운전석에서 빼꼼 얼굴을 내민 남자가 우리에게 말했다. 안성까지 가는데 괜찮아요? 나와 J는 무조건 괜찮다고, 어디도 괜찮다며 고개를 끄덕이며 호들갑을 떨다가 차를 탔다. 차 내부는 이런저런 물건들로 어질러져 있었다. 남자는 민망한 듯 한쪽 구석으로 물건을 치우라고 했다. 나는 얌전히 그렇게 했다. 남자는 사업을 한다고 했다. 그러고는 우리에게 몇 살인지 물었다. 남자는 우리가 생각보다 나이가 많다는 사실에 놀라는 눈치였다. 남자는 우리가 이 나이 때는 무엇을 해야 하는지 알려주었다. 괜찮은 일을 시작하는 것, 돈을 모으는 것, 좋은 인간관계를 유지하고 나쁜 인간관계를 과감히 잘라버리는 것, 남자는 그 자신이 삶으로 체득한 진리를 우리에게 은밀히 말해주었다. 평소 같으면 남자의 말에 토를 달았겠지만, 남자의 호의에 기대고 있었으므로 나는 그의 말에 귀를 기울였다. 머릿속으로 남자의 말에 반박할 거리를 생각하지 않고 듣고 있으니 그제야 남자의 말이 제대로 들렸다. 그가 무슨 말을 하고 싶은지, 어떤 마음으로 그 말을 하고 있는지, 남자가 어떤 삶을 살았는지. 이전까지는 다른 사람의 말을 내 식대로 받아들이고 해석하느라 그가 도대체 무슨 말을 하는지 정확히 알지 못했다. 우선 제대로 들어야 상대방의 말을 이해할 수 있다는 것을 나는 그때 알았다.

남자는 우리에게 많은 이야기를 해주다 우리를 태우게 된

경위에 대해서도 이야기했다. 그는 사실 두려웠다고 했다. 다른 성인 남자 둘이 팻말을 들고 있으니 순식간에 강도로 변할 수도 있고, 우리가 어떤 위협이 될까 봐 무서웠다고. 하지만 그는 자신은 언제나 리스크를 감당하는 삶을 살았다고 했다. 그리고 이번에도 그 리스크를 감당하고 우리를 태우는 도박을 했다고 말했다. 남자는 이내 웃으며 그 도전이 성공해서 기분이 좋다고 했다. 나와 J는 아마 그때 처음으로 우리를 태우는 사람의 심정을 상상한 것 같다. 성인 남자 둘을 태운다는 게 어떤 의미인지, 그들이 차를 멈출 때 어떤 망설임이 있었는지, 그런 상상이 마음에 남았다.

멜빵바지를 사는 것과 입는 것은 다른 문제였다. 나는 택배로 주문한 멜빵바지를 옷걸이에 걸어놓고 한참 바라보았다. 입어보니 내가 예상한 것보다 괜찮긴 했지만, 지금까지 멜빵바지를 입은 20대 후반의 남자를 실제로 본 적이 없다는 것이 문제였다. 다른 사람이 날 어떻게 바라볼지, 이걸 입고 동네를 다니다 아는 친구를 만나면 도대체 어떻게 반응해야 할지 덜컥 겁이 났다. 이런 걸 이만 원이나 주고 대체 왜 샀냐는 엄마의 타박이 한몫하기도 했다. 다른 사람의 시선에서 해방되자고 호기롭게 말할 때는 문제를 발견했으니 이제는 당장이라도 해결할 수 있을 줄 알았다. 그런데 계속 망설여졌다. 내 마음속에는 멜빵바지를 입을 수 있는 사람부터 20대 후반의 남자는 어떤 옷을 입어야 하는지, 심지어 20대 후반의 남자는 어떤 행동을 해야 하는지, 그런 행동 규범이 잔뜩 있었다. 그것을 결심한 번에 한순간에 사라지게 할 수 있다고 믿는 것이 오히려 만용일지 몰랐다.

그러다 J를 만나기로 했다. 약속 장소에서 J를 기다리는데 멀리서 J가 손을 흔들며 다가오고 있었다. J는 초록색 멜빵바지와 검은색 티셔츠를 입고 있었다. 잠깐 얼굴이 굳었다가 이내 얼굴이 퍼지면서 J를 반겼다. 진짜 입었구나, 잘 어울린다, 미쳤다. 그런 말을 하면서도 내 눈은 J의 멜빵바지에 머물렀다. 왜 내가 먼저 입고 나올 생각을 못 했는지, 괜히 샘이 나기도 했다. J의 모습이 내가 예상한 것보다 이질적이지 않고 자연스럽게 보였다. 역시나 멜빵바지를 입는다고 해서 아무 일도 일어나지 않았다. 다시 J를 보았다. J는 기분이 좋아 보였다. 그리고 무엇보다 자유로워 보였다. 나는 J에게 다짐하듯 말했다. 나도 입어야겠다. 솔직히 입기가 좀 무서웠는데, 너 보니까 입어야겠다는 생각이 든다. J는 말했다. 입으라고, 생각보다 별것 아니라고, 우리 시선에서 벗어나기로 하지 않았냐고.

그 후에 다른 친구들과 여의도에 갈 일이 생겼다. 나는 그날 멜빵바지를 입기로 했다. 물론 당일이 되자 그 결심은 너무나 쉽게 허물어졌다. 몇 번이나 그 결심을 어루만져 곧추세우고,

나갈 채비를 했다. 현관문을 나서 남루한 빌라의 출입문을 여는 순간, 나는 멜빵바지를 입은 20대 후반의 남자가 되었다.

그때의 감정이 안성에서 되살아났다. 남자와 함께 안성에 도착했을 때 안성은 이미 밤이었다. 남자는 우리를 중앙대 안성캠퍼스 앞에서 내려줬다. 남자에게 몇 번이나 고개 숙여 인사한 후에, 차가 멀리 길가로 떠나는 것을 두 눈으로 확인한 후에, 우리는 숨을 길게 내쉬었다. 나도 모르게 웃음이 났다. 우리가 안성까지 왔다고? 아무것도 없이? 멜빵바지를 입고 처음으로 집에 나섰을 때도 그랬다. 내가 정말 멜빵바지를 입었다고? '인싸'들이나 입는다는 그 멜빵바지를? 물론 여의도에서 만난 친구들은 내가 멜빵바지를 입고 온 것을 보자마자 미친 듯이 웃었지만 나도 함께 웃을 수 있었다. 나도 내가 멜빵바지를 입은 것이 믿기지 않아서 말이다. 지금 생각하면 웃긴 일이다. 멜빵바지를 입었다는 사실도, 무전여행을 떠났다는 사실도, 히치하이크에 응했다는 사실도, 그 사람을 전부 표현할 수 없는 노릇인데, 나는 그것이 그 사람의 전부인 것처럼 생각했다. 너무 좁은 세상에 살고 있었다.

지금은 무전여행도, 멜빵바지도 아득한 추억이 됐다. 그리고 우리는 여전히 편견이 가득한 세상에 살고 있다. 달라진 것은 하나, 나에게 서린 작은 구원. 나라는 존재 위로 덕지덕지 눌어붙어 있던 편견을 떼어내고 이제야 진짜 '나'와 마주한 듯하다. 그 시작은 멜빵바지일 수도 있고, 무전여행일 수도 있고, 오래된 끼적임일 수도 있다. 변화는 한순간에 일어나는 법이 없고 종이에 물이 스며드는 것처럼 천천히, 그렇지만 확실하게 이루어진다. 평생 나를 괴롭힐 줄 알았던 편견 어린 시선도 이제는 담담히 받아낸다. 이제는 다른 사람의 시선이 아니라 나의 시선으로 나를 바라본다. 나의 시선이 다른 사람에게 향할 때는 그 사람을 이루는 한두 가지로 그 사람을 판단하려 하지 않는다. 그저 그 사람 자체를 보기 위해 노력한다. 그렇게 잠시나마 편견이 걷힌 세상에서 우리 모두 고유하게 자유롭기를 꿈꾼다.

이 책을 쓸 때만 해도 제가 뭘 쓰고 있는지 몰랐습니다. 나중이 돼서야 어렴풋이 알게 됐죠. 나는 '편견'에 대해서 글을 쓰고 있구나. 지금은 사정이 많이 달라진 것 같지만, 제가 어렸을 때만 해도 엄마 혼자 아이를 키우는 건 치부였습니다. 적어도 우리 가족이 느끼기엔 그랬어요. 저는 그 지긋지긋한 시선에 대해 쓰고 싶었습니다. 그런데 잘 생각해보니까 그 시선을 저도 갖고 있더라고요. 그게 참기 어려울 정도로 역했습니다. 아버지도 마찬가지예요. 그토록 아버지가 미웠는데 그 아버지와 똑 닮은 게 나 자신이라는 게 참으로 싫었습니다.

누군가에게 이 책을 소개할 때 제 20대가 담겼다고 표현하곤 했습니다. 그리고 황급히 덧붙였죠. "이건 진짜 우울할 때 쓴 거야." 그때는 옳았을지 몰라도 지금 보면 과한 표현들과 생각들이 넘치는 책이니 변명이 필요했습니다. 하지만 이 또한 누군가의 시선 때문이죠. 기껏 편견에서 벗어나야겠다는 결론을 내려놓고도 여전히 편견 속에서 살아갑니다. 달라진 게 있다면 그 편견에 의미를 부여한 것은 누구였나, 하고 한 번 더 생각하게 된 것이겠죠.

이 책의 원고를 완성하고 나서 약간의 기대를 품었던 것도 사실입니다. "이제 나는 이 글을 완성하기 이전과 완전히 다른 사람이 되지 않을까?" 시간이 흘러 돌아보면 그렇지도 않습니다. 벗어났다고 생각했던 버려지는 것에 대한 두려움이 살아나기도 했고, 아버지 탓을 그만두기로 했으면서 여전히 아버지를 탓하기도 했습니다. 굳은 다짐이 무색하게 제 삶은 아버지의 세계로 다시금 끌려 들어가는 것 같았습니다. 그럴 때마다 큰 소리로 웃었습니다. 그러면 마음이 조금 느슨해지거든요. 그 틈으로 제가 했던 수많은 다짐이 비집고 들어가 스며듭니다. 더 할 수도 있겠다 싶지만, 그쯤에서 멈춥니다. 뭐든 과하면 독이 되니까요.

이 책을 내기 위해 글들을 다시 읽어봤습니다. 울분에 차서 글을 쓰던 제가 그려지기도 하고, 옛 생각이 나 마음이 울렁거리는 부분도 있었습니다. 그런데 좀 낯설기도 했습니다. 내가 이런 글을 썼나 싶기도 하다가 지금이랑 별반 다를 게 없다고 느끼기도 했습니다. 분명 저는 달라졌습니다. 그러나 어떻게 보면 아무것도 변하지 않았습니다. 과거의 기억에서 벗어날 수 있을 줄 알았는데 그런 건 불가능하더라고요. 그 기억 위에 다른 기억이 덧씌워지는 것뿐이었습니다. 그러니 저는 아버지에게서 영원히 벗어날 수 없습니다. 지긋지긋한 시선에서 벗어나는 것도 요원한 일이죠. 그런데도 예전처럼 불안하지는 않습니다. 과거와 달리 제가 제 이야기에 열심히 귀를 기울이고 있거든요. 그게 얼마나 위로가 되는 일인지 새삼 느끼고 있습니다.

저는 여전히 글을 쓰고 있습니다. 쉽지 않지만, 꽉 붙잡고 쓰고 있습니다. 쓰지 않으면 금세 불안해지거든요. 쓰는 인간이 아니라 쓸 수밖에 없는 인간이 된 것을 실감합니다. 아마 계속해 글을 쓰겠죠. 글을 쓰겠다는 저를 보고 엄마는 잘될 거라며 등을 쓰다듬어 줍니다. 형은 언제나 초롱초롱한 눈으로 제가 쓰는 글에 대해서 물어봐요. 형수는 어떻게 하면 저를 도울 수 있을지 항상 제 입장에서 생각해줍니다. 예전 같았으면 가족들의 관심과 사랑은 그저 가족이라는 이름으로 퉁치기 바빴을 겁니다. 가족들의 이야기에 귀를 기울일 생각을 하지 않았으니까요. 달라진 것은 우리 가족일까요, 아니면 제 마음일까요? 아마 둘 다가 아닐까 생각합니다.

이제는 추억이 된 애인의 앞에서 아버지 없이 자란 이야기를 써야겠다고 다짐했던 순간이 떠오릅니다. 내 이야기가 누군가에게 가닿기를 바랐죠. 제 이야기는 누군가의 마음에 닿았을까요? 나를 위한 작은 구원이, 누군가의 작은 구원이 될 수 있었을까요? 제 이야기는 세상을 조금 더 아름답게 만드는 이야기였을까요? 그렇게 거창하지 않더라도, 사실 단 한 사람에게라도 의미가 있는 책이었다면 더할 나위 없이 행복할 것 같습니다. 정말 그랬으면 좋겠네요.

지금까지 읽어주셔서 감사합니다. 우리 모두에게 각자의 방식대로 구원이 찾아오기를 진심으로 바라겠습니다.

아버지 없이 자란 한 사람의 내면 일기

나를 위한 작은 구원

초판 1쇄   2023년 12월 12일

지은이   고아롬

편집   김화영
마케팅   어쩌면 이 책을 읽은 누군가
디자인   경놈
도와준 사람   문현정

펴낸이   김화영
펴낸곳   책나물
등록   제2021-000026호(2021년 3월 8일)
이메일   booknamul@daum.net
블로그   blog.naver.com/booknamul
인스타그램   @booknamul

ISBN 979-11-92441-16-0 03810